攥着我的半个祖国

桑恒昌◎著

中国言实出版社

图书在版编目(CIP)数据

攥着我的半个祖国 / 桑恒昌著 . -- 北京：中国言
实出版社 , 2021.2
ISBN 978-7-5171-3663-7

Ⅰ . ①攥… Ⅱ . ①桑… Ⅲ . ①诗集 – 中国 – 当代
Ⅳ . ① I227

中国版本图书馆 CIP 数据核字 (2021) 第 024045 号

出 版 人　王昕朋
责任编辑　肖　彭
责任校对　代青霞

出版发行　中国言实出版社

　　　　　地　　址：北京市朝阳区北苑路 180 号加利大厦 5 号楼 105 室
　　　　　邮　　编：100101
　　　　　编辑部：北京市海淀区花园路 6 号院 B 座 6 层
　　　　　邮　　编：100088
　　　　　电　　话：64924853（总编室）　64924716（发行部）
　　　　　网　　址：www.zgyscbs.cn
　　　　　E-mail：zgyscbs@263.net

经　　销　新华书店
印　　刷　北京中科印刷有限公司
版　　次　2021 年 3 月第 1 版　　2021 年 3 月第 1 次印刷
规　　格　710 毫米 ×1000 毫米　1/16　21.75 印张
字　　数　347 千字
定　　价　78.00 元　　ISBN 978-7-5171-3663-7

桑恒昌，当代著名诗人，1941 年出生，山东武城
人。中国作家协会会员。1967 年毕业于空军雷达学院。
历任《山东文学》编辑，《黄河诗报》副主编、主编、社长，中国诗歌学会副秘书长。1963年开始发表作品。已出版诗集《光，是五颜六色的》《低垂的太阳》《桑恒昌抒情诗选》《爱之痛》《灵魂的酒与辉煌的泪》《年轮 月轮 日轮》《听听岁月》《桑恒昌怀亲诗集》等。其作品被选入160多种选本，另有多首诗作被翻译成英、法、德、韩、越文发表，并在国外结集出版。

目录

1

红色岁月

红色历程

红色史诗

红色经典

红色岁月　红色历程　红色史诗　红色经典

第二辑　月亮的故乡

红色岁月　红色历程　红色史诗　红色经典

红色岁月　红色历程　红色史诗　红色经典

第三辑　　阳光的微雕

在黄河入海口
抓起一把泥土
就是攥着
我的半个祖国

第一辑

攥着我的半个祖国

攥着我的半个祖国

黄河，跳下巴颜喀拉山
冰雪和穹隆构筑的高坡
从塔尔寺和彩陶故乡的青海走过
从峨眉金顶和乐山大佛的四川走过
从敦煌莫高窟和大漠烽火台的甘肃走过
从贺兰山阙和西夏王陵的宁夏走过
从呼伦贝尔和成吉思汗陵的内蒙古走过
从洪洞大槐树和壶口瀑布的山西走过
从黄帝陵和兵马俑的陕西走过
从少林寺和清明上河图的河南走过
从齐鲁大地齐鲁大地
我们的故乡走过

在埋葬荒凉
埋葬老岁月的地方
在用骨头的温度
暖着整个身躯的地方
在黄河入海口
抓起一把泥土
就是攥着
我的半个祖国

大运之河

你说——
运河北起通州，南抵杭州
贯京津，过冀鲁，掠苏浙
连海河、黄河
穿长江、淮河
七千华里的黄金水道
直接钱塘碧波

他说——
运河起自春秋之末
经隋、唐、宋、元、明、清
流进中华人民的共和国
一条活了
二十五个世纪的动脉
欣逢盛世生机勃勃

而我说——
运河是中华民族
留在祖国身上的手模
站起来的土地是长城
卧下去的土地是运河
一个阳刻
一个阴刻

一个老兵的歌

仿佛已经习惯了沉默
很少把自己的情怀诉说
藏在心底感觉深沉
挂在嘴上就显浅薄
于是，就这样
我和你相依相守
像生命和躯体
灵魂和脉搏

当你的身上
落下野蛮的炮火
我突然感到
我是何等地年轻啊
比年轻更年轻的
还有一腔赤热的血
敲一敲我的周身吧
何处不是
当当作响的骨骼

我的这个
被军装染绿了的魂魄
它身上的军装一直未脱
如果需要就请你说
我会把最后一颗牙齿留给恶魔

战地上染血的旗杆

一定是我高举的胳膊

这是必然，不是偶然

这是结果，不是如果

扪一扪我的胸膛吧

肋骨后面的拳头

每一次伸缩

都是生命的承诺

你问我是谁吗

满眶的泪水在说

我是你的长子啊

我的祖国

我说我的祖国

也就是在说祖国的我

我说祖国的我

也就是在说我们的祖国

夜宿青藏高原

地势的高海拔
情感的高海拔
诗意和心灵的高海拔
大星星一样
满天满天地亮着

怦怦的心跳在说
一群老战友
正拍打着窗户
焦急地喊我

急急推窗而望
实实扑个满怀
啊——
你来自日月山
你来自通天河
你来自唐古拉
你来自五道梁
还有我的可可西里
我的珠穆朗玛

就让曾经弄乱我
黑发的手
抚摸这极顶上

不再消融的雪

明晨一别
不知可有再见的福分
遂，倾泪作酒
刀刀入口

战士的脚

题记：九月底十月初西藏边防空军雷达阵地，大雪该封山了吧。

提起青藏高原
风雪便撕扯着天空
扑杀而来
撞疼我周身的骨头
趁它喘息的当口
看看我的双脚
挂在岩壁上的是它
深陷雪窝的是它
大头鞋和坚冰
冻成铁板一块的也是它

我想起了什么
朝胸前顺势一摸
掏出来的
都是战友的脚
这一双被啃成骨头
这一双被嚼成粉末
这一双在病床上
长成血淋淋的植物
我喃喃地念着他们的名字
捧起他们的脚
用泪水洗过

用目光擦过
又贴心贴肉地
揣进怀里

这样的脚掌
站在喜马拉雅山上
能感知
地球的分量

裸浴
——高原哨兵的镜头

紫外线

刺青过的皮肤

高原风

削切过的面容

一样的裸体

撒欢在夏季的雨里

享受

高天的赐予

接受

全须全尾的洗礼

每一滴英雄血

都和祖国一个温度

暴突的肌肉群

呈现骨骼特有的质地

士兵威武

都是

魔鬼的身躯

聚拢一起

就是

立体的戈壁

大雪

款款的舞步
大片大片
迤逦着落下来

可一见到我
就乱了方寸
乱得争先恐后
乱得天地失常
那雪可是
来自西藏边陲
来自海拔
五千米的雪域
来自绰莫拉利峰下
乃堆拉山口
仰望的
雷达阵地
还听得出
它们急促的喘息

如若不然
那雪怎么会
扑到我身上
都是泪滴

阳光不会变质

在地层的八百米深处
神话般的巷道里
中间是天
四周是地

心头豁然一亮
破解一个千古之谜
后羿射落的太阳
有一颗就埋在这里

埋得太久了
当初地球还没有记忆
压力太大了
几乎是窒息性的封闭
所以——
阳光变成黑色的
阳光变成固体的
不过
无论埋多久
无论埋在哪里
阳光都不会变质

除夕之忆

每当写到母亲
我的笔
总是
跪着行走

如果母亲是鱼
她会剥下
所有带血的鳞片
为儿女
做衣裳

母亲用五更灯火
为我纺了一根脐带
我把它走成
一万里
尽是滔滔的江河

今夜
母亲又会在
年头岁尾的路口等我
再一次
将儿子
连根拔起

中秋月

自从母亲别我永去
我便不再看它一眼
深怕那一大滴泪水
落
下
来
湿了人间

外婆，一声长长的呜咽

皲裂的手打开皲裂的橱柜
抱出个刺猬样的草囤
掏出几张
满脸皱纹的纸币
当时我不知道
那是外婆的私房钱

我明白了外婆的心意
喊着不要不要往外跑去
屋门二门大门
差点把我绊倒
两只小脚擂着鼓
在后面追赶
疼出来的泪告诉我
站住是唯一的选择
外婆扶住我
喘着粗气憋了半天
像哭我母亲那样
发出长长的呜——咽
一声洞穿了
两个世纪

我的胸膛是外婆的橱柜
我的心是外婆的草囤

在血肉的深处
总有一声
再也捂不住的长长的
呜——咽

致父母

正当我需要母亲的时候
母亲离开了我
正当我需要父亲的时候
我又离开了父亲

父亲，分手吧
汽笛在喊我的名字

"过去都是路领着你走
往后你要领着路走了
心不能小
可是要小心"
我分不清
是父亲的叮咛
还是母亲的声音

父亲的眼和油灯一样昏花了
依然陪伴着油灯

不惑之年怎好让老人分心
可是我挣不脱父亲的视线
也挣不脱母亲的视线

父亲和母亲
用心上的肉捏成了我
我又用心上的肉
捏了一大堆诗句

致父亲

在生长齐国和鲁国的地方
在生长汉朝和唐朝的地方
在生长始皇帝和大总统的地方
生长了您——我的父亲

额上风雨装订成册
阳光迷得您老泪纵横
犁杖磨成拐杖
鼾声长满老人斑

这就是您吗？
父亲！

您的眼睛
曾是让我恐惧的双筒猎枪
一次又一次
击中我的翅膀
如今多么希望它
再爆响一次呵
父亲！

您说过
您的记忆是不生锈的
可现在连这句话

也不记得了
岁月深处的陶片
无论如何也无法全部复原

然而有一句话
在您的嘴上四季长青
"只要有一粒种粮
就种遍祖宗的田地
少一垄
也枉称庄稼人"

儿孙们咀嚼你的家训
津津有味
却难以下咽

父亲，儿子愿以心为锁
锁住您的生命之门
让死神
像气急败坏的狼外婆

我年迈的父亲（一）

什么样的毒蚕
终要食尽这枚桑叶？

北归的春燕，不忍
再将两翅子江南云
纺成您的白发

额上一寸一寸
都是您走过的大山大水
滚滚滔滔的青春
积淀成大片的新生地

袅袅炊烟
是从您心上浮起的乡路
无数次踏响地平线的双脚
痴痴地立在门前
将最后的脚印
站成深井

双眼无眠，夜夜
把失血的天空击一个弹洞
让托着双腮的地球
呼作太阳

我年迈的父亲（二）

有那根骨头
没那根筋了
青春早已席卷而去
从羊肠小道上
千军万马走来的晨光
转眼涂成血色黄昏
好端端　父亲
剥蚀成一座古碑

眉骨是越发嶙峋的海岸
前面依然那两汪深水港

在风雨最深处
在月光最深处
感到冷的时候
点燃往事取暖
肩头那一岭岭山丘
化作襟上袖上的尘埃
弹着它
品味原汁的人生

多情最属苍天
用浓浓的长夜
濡染您的白发

我年迈的父亲（三）

我出生时的笑
是用哭表达的
没娘的孩子
一手扶着父亲的目光
一手扶着父亲的叹息

五月，午时
太阳长一身麦芒
父亲捶捶腰眼儿
阳光落地霎时变成寒霜
额上储存那么多岁月
却不支付一分一秒的寒暑

街灯是老父弱视的眼睛
一盏一盏喊我到村外
然后举起满天星盏
啜饮越走越远
倏忽又越走越近的阳光

"不曾晕过车船
如今晕了地球
剩下的半壁血肉
不知何处没有炎症"

"这才像炎黄子孙呀！
父亲，使劲活
我陪着"

家书

将父亲的话含在嘴里
吮吸如多汁的乳头
呵，父亲
我男性的母亲！

父亲没有说他的病痛
也没像往常一样
说过病痛之后
一定要说轻快了许多
只说让两个孙女
回家去看看

儿孙是长翅膀的鸟儿
他的心是会飞的巢
那一搂就响的脾气
曾经是孙女的高级玩具
他至今还乐意咀嚼
那一串冰糖葫芦似的小拳头

想到这些
父亲舒眉浅笑了
并且在自己的脸上
抄袭几笔孙女的童真

时间把生命
走成越来越短的隧道
心如寒菊
总要等到最冷的季节

父亲的汗

汗珠子
落
地
摔八瓣

一瓣
光着脚丫跳进水渠
一瓣
睁开芽眼钻进垅沟
一瓣
被蜜蜂抢了
一瓣
被老鼠偷了
一瓣
学会呛呛地咳嗽
一瓣
只会无声地叹息

剩下两瓣
成了我的眼泪

父亲再三叮嘱
一定要狠狠地咬住
泪虽软
有时
却是男儿液体的脊骨

致母亲

地上站的是我
墙上立的是您
您总是不肯下来
任我的心喊疼嗓子

地上站的是我
墙上立的是您
纵然挤到您的身边
又怎能缩短母子的距离

母亲，我好恨啊！
为啥不抢到奈何桥下
挺起董存瑞的手臂
让阳世阴间都听到那声霹雳！

再致母亲

总想到您坟上去
总算有了机会
您的坟也去过了

母亲，葬您的时候
您才三十多岁
青春染过的长发
飘在枕上

我已满头"霜降"近"小雪"
只要想起您
总觉得自己还是个孩子
在儿子的心上
您依然增长着年寿

母亲，走近一些呵
让儿子数数您的白发
母亲，葬您的时候
您的坟是圆的
像初升的太阳
一半在地上
一半在地下

您的坟是圆的

地球也是圆的——
一半在白天
一半在黑夜
您睡在地球的怀里
地球就是您的坟墓呀
母亲！

不论我在哪里呼喊
您都会听到我的声音
为了离别时的那行脚印
您夜夜失眠到如今

心葬

女儿出生的那一夜
是我一生中最长的一夜
母亲谢世的那一夜
是我一生中最短的一夜
母亲就这样
匆匆匆匆地去了

将母亲土葬
土太龌龊
将母亲火葬
火太无情
将母亲水葬
水太漂泊
只有将母亲心葬了
肋骨是那墓地坚固的栅栏

夜半时分

电话铃乱了心率
听筒里传来急促的喘息
"喂，您是哪位？"
"我是你母亲……"
母亲？
母亲！
我的故去三十六年的母亲？
我的故时三十六岁的母亲？
"母亲！母亲！
您在哪里？"

死寂笼着死寂
窒息裹着窒息
莫非母亲拼死一呼
便又被死神掳去？
还是她作天体运行
三十六年才归来一次？

手握话筒
倏忽四季
白发飘落成雪
太阳也成流泪的红烛

妻子哭喊着捶我

红色岁月　红色历程　红色史诗　红色经典

才发现
脚下生出
地球一样粗的根

化蛹

缓缓地合上双眼
游丝般的鼻息不再震颤
要化蛹吗，母亲
我来帮您做茧

用温热的黄土
塑一个大大的圆
盼您破茧而出
植在您的墓前
一层风，一层草，一层枯霜
终未见那只会飞的桑蚕

可是您已羽化而去
恰致我瞬间的恍乱
还是厄运的厉鬼，
不肯放过死过一次的您

且聋，且盲，且哑
坟冢无言，坟冢无言
假如以心为茧
我会替母亲咬穿

星光下

列车停在德州车站
我到月台上去散步
故乡的空气
无处不印着我的指纹

灯光里有个背影晃动
那身高，那病态，那步履
那瘦骨嶙峋的身架
怎么看都是母亲

我大声疾呼
她竟然听而不闻
我拔腿去追
却拔不出梦魇的泥沼

猛回首，列车鸣笛北去
我的身躯也随车而去
灯光幽幽的月台上
只有我的魂儿

母亲，喊我一声吧
喊我一声小名吧！
（就像我小的时候
您为我喊魂儿那样）

只一声
我的灵魂就会附体

大口吞咽着泪水
看母亲消失在黑暗里
我将五体投伏于故乡的热土
默默地
等身躯归来

寻母千百度

捧黄土筑起的青冢
被岁月抛撒得无影无踪
难道母亲的墓穴
和母亲一样难以寻找

天空擎出汉白玉的灯光
谢了，月亮！
纵然你知道母亲的所在
我又怎懂得你的语言
春风只顾玩耍
一问三摇头

在田野上数那些脚印
竟然数出一条小径
这不是
母亲的手臂吗
屈膝去吻
俯身去吻
于寸，于关，于尺
触到博博的脉跳

散发母亲体温的地方
定然是母亲的眠床

抓一把松软的土壤
指缝流出母亲的呼吸
上弦月一般朦胧
三月风一般徐徐
抓一把再抓一把
呼吸之声越来越清晰

月亮快来呀
春风快来呀
我就要见到母亲了

卧成一座大山

青藏高原
冷月边关

我听到自己
送别母亲时的哭喊

"娘呀娘
上西南……"
纷纷的泪雨
纷纷的纸钱

年少不懂事
问奶奶
"西南有多远？"

寻找母亲的去处
一路寻到唐古拉山
母亲为啥不走了
路太颠，风太寒？
是牵挂儿子，
还是断了盘缠？

有钱舍不得用，
凝成不化的雪峰冰川
母亲终不肯再挪动一步
静静地卧成一座大山

不要原谅我，母亲

您的目光渐渐缩回躯体
突然爆响一声哑雷
"救救我，儿子！"

一颗流弹，燃烧着
击中全中国的儿子
唯独没有击中您身边的我
这个不配做儿子的儿子

等我和夜一起醒来
您生气了，永不理我
使劲启开您的双目
我完全消融在您的瞳仁里

母亲，您那里是否太暗
要不要添些灯油
就算您被逼成披发厉鬼
我也想见您一面呵
母亲

我的死能医好您的死吗

心是肉长的
骨头也成了肉长的
疾病的连阴雨
在母亲身上
写成章回体小说

让儿子
一次次听到
揪心摘肺的下回分解

母亲又晕倒了
磕掉的何止几个门牙
我烧的土炕
满身热唇
也吻不暖您瑟缩的脊梁

我患了麻疹
浑身像一堆炭火
我的病竟成了回春良药
只一剂
就稀释了母亲的病痛

母亲
我注定是您的满头黑发

千百年后也光鲜如初，
永远陪您于地下
而您注定是我心头
越深越刻越刻越深的
刀——痕！

母亲，
我的病能医好您的病
我的死能医好您的死吗

儿子知道
天堂只有九层
地狱却有十八层

如果，三十六年前

如果，三十六年前
一病不起
在泪水中沐浴之后
睡进三长两短的棺木
被深深葬在地下的
不是您
而是您的儿子
母亲
三十六个有日有夜的年头
您会怎样度过

每当夜色裹严大地
别人家的儿子都回家了
您便到村外去守望
土路上那段盲文
您的双脚读得烂熟
胸中孤雁
夜夜啼喊到三更

把儿子的坟墓
望成山岳
天边的星
游走的灯
流萤和磷火

从我的墓顶向您扑来
每一片
都是我的血肉

躲在暗处垂泪的太阳
每天须聚圆一次瞳孔
为了分担您的丧子之痛
地球弓起脊背

家乡的乌鸦
熬成白头鹭鸶
越望越长的脖颈
牵成飘飘摇摇风筝线

母亲，您可听见
儿子的求告：
"阎王爷
放我回去吧！"

有梦长过黄泉路

秋雨连绵的梦
长过冰铺雪盖的黄泉路
我的心磕着等身长头
丈量着和母亲的距离

母亲
看一看哪
这只向您扑奔而来
只会啼血
再也啼不出声音的杜鹃

母亲转过身来
满脸竟是欣慰的笑
是您折了许多寿命
给您的儿子吗

天长长
地久久
终会衰老
终会衰老
母亲
不会衰老的
唯有
儿子的这两眶泪水了

夕阳，跪下了

南去的太阳
每年回归一次
西去的母亲
为何，几十年
不曾归来

思母之情
一如加俐略
从比萨斜塔上
抛下的重球
接近地面
达到疯狂的速度

左一脚沧海
右一脚桑田
我向母亲跪行而来

血泡累累的膝盖
血泡累累的心
连连叩问
何时再睡进母亲的怀抱
让带着体温的乳汁
将我痛痛快快
痛痛快快地

淹——没

无数次苍白成白幡
引灵柩西行的夕阳
望一眼殡于地下的母亲
跪——下——了

不是假设

生命的灵核
大片大片剥蚀殆尽
濒临死亡
感到的是
母亲生我时的战栗

还身于土地的母亲
夜夜迸几粒磷火
远远地
望着乡村

何止亿万斯年
何止亿万先人魂
未能填平浅浅的忘川
竖子此去
可否一鼓奏效

好了，我就去了
心中好生坦然
母亲在那个世界
等了我好几十年

不见儿子一面
她决不会去
转世轮回

母亲的塑像

倘若弥留之际
命若悬丝
小蛇吞食巨蛙
死神咬我在嘴里
生命的延续
全仗生命以外的力

亲人痛呼失声
依稀泪倾如雨
时断时续是我的心跳
似有似无是我的鼻息

大夫，请
宣布我死亡吧
我的魂灵
已偎依在母亲身旁

如果剖开我的胸膛
一定会发现
尚温的心
是一尊母亲的塑像

苦苦喊了四十多年

孩童的我
睡在母亲身边
突然被一种怪声惊醒
母亲又犯了癫痫
我学着父亲的样子
掐住母亲的"人中"
惊恐地
又哭又喊

母亲犯过多少次病
我已记不清楚
但是我知道
每次都是
我把母亲喊回来的

母亲的黑发
一根根一缕缕
在我的头上变白
母亲的泪水
一行行一滴滴
从我的眼里流干

这回怎么了
从山东到山西

从河北到河南

从东海到南海

从平原到高原

从亚洲到欧洲

从地上到天上

从醒着到睡着

从有声到无声

娘啊

我苦苦喊了四十多年！

娘呵

我喊您

就是想

把您给我的体温和脉搏

还给您

从此

一张黄表纸
压住母亲的呼吸
我感到那只冰凉的手
没有一点力气

娘，我害怕
您领着我呀

母亲的手
猛一抽搐
把我孤零零地
抛在人间

从此
心似空螺
在命运的峡谷中
泣无声
诉也无声

从此
枕头贮满种子
遍洒泪雨
也没长出一粒春天

从此
每逢中秋
我总是
偷偷地
掰碎那轮月亮

借东风

清明，是
人与魂灵
团聚的日子
清明，是
阴阳两世
共有的"中秋"

登上山巅
挽白云一片：
云啊，请你
了却我的心愿

替有墓不能祭扫的我
去看一看母亲
从空中落下
粒粒生根

山顶是祭天的坛台
我在心中默默祷念
西北风偃旗息鼓
刹那间又起自东南

云
侧转身去
哭着
上路了

夜宿故乡

一盏长明的灯
两扇虚掩的门
门缝流出的光线
是条暖暖的小路
尽头处
星光点点
架起浮桥

生死两隔的世界
永远不会建交
我与母亲会面
选在阴阳可通的时空

母亲
今夜儿子离您最近
当我把梦筑圆了
您可要
破梦而入啊

愿作梦中人

伏案夜读
听到星星的心跳
第六感觉告诉我
窗外有人伫立

阵风骤起
惊飞沙沙的雪粒
她分明用衣袖
捂住呛呛的咳嗽

活着隔一重呼吸
死后隔一层窗帘
积劳成疾
积思
也能成疾吗

关灯上床
和衣而眠
去梦的码头
见娘亲一面

从此不再醒来
终生作个梦中人

鲠骨的我

削我的
是双刃剑
一面是时间
一面是思念

把我削得
只剩下
一把多刺的鲠骨

纵然蒙上
五千年光阴之尘
纵然五岳
沦为苦海的礁岩
纵然多刺的我
石化又风化
只要母亲一声呼唤
便还我全尾全鳞的童年

由溪而江
再一番流急滩险
由河而海
哪顾得水淡水咸

跳过时间的龙门
游回母亲身边

冰凉的夕阳

断脐
从我的脚下
蜿蜒到母亲坟前

攥满满一把土
直至
攥出我的体温
继而
攥出我的心跳

若掘地为井
一定会得到
母亲为我
积攒了四十多年的乳汁

离墓地越来越远了
母亲怀中
从春抱到夏
从夏抱到秋的蒲公英
翩翩地追我在后面

后面的后面
伸手可及
是冰凉的夕阳

陶器

母亲
我是您亲手做的呀
就像您
亲手做了一件陶器

土磨的骨
水作的肉
火烤的灵魂
您的热血
烧炼十个月
然后在一片霞光中
我——
立地成人

母亲涂我一身黄泥
成了我终身的胎记
可是
天下那么多母亲
谁再喊我一声
淘气

焚烧祭文

题记：山东临邑县，一位叫李艳红的农村姑娘，把我写母亲的诗抄下来，到她母亲坟上焚化，权当祭文。

提起母亲
周身的血都变成泪水
不过小艳红
比起我来
你还是幸运的

你可以随时
到母亲坟前
跪一跪
面谢血脉充盈
满脸泪痕的小花
和不到最后不肯消融的
那一捧残雪

再烧祭文
请捎个信儿
没娘的孩子
都来一起抄写
农历十月一日
星满银河
面对母亲的亡灵

烧它个遍地夕阳

太阳缘何天天在找
星月缘何夜夜来寻
莫非它们
也痛失了母亲

那就让日月也抄了
到天上去焚烧祭文

额头写下的誓言

母亲给了我
三根脐带——

第一根剪断了
代之以乳汁

乳汁枯竭了
代之以目光

母亲的目光也被夭折
我用额头写下誓言：

提着性命
寻死神决战

梦寻

站着比坟高

跪下比坟矮

依坟侧卧

于母亲怀里

卧成一丛白头草

我的心早已是

补了又补的旧内胎

少年肋下的翅膀

也落尽翎羽

在湿漉漉的枕上

酿成的梦里

正以心动过速的频率

向那条路奔去

诗所不及　有心

心所不及　有梦

梦所不及　有命

那条缠满苦藤的路

莫非一里

等于三千里

要么真的

和一辈子一样漫长

梦
寻

当儿子把梦的长途
走成深深的峡谷
再也走不动的时候
母亲
你可要来迎一迎我呀

树上那只鸣蝉

——纪念母亲忌辰41周年

门前一排绿树
一株正对窗户
树上有只鸣蝉
声音灌满凄楚
那年也是今日
那日也是中午
我在地上哭
你在树上哭

总被风切雨割
岂止苦过痛过
你用生命接力
一代一代寻我
多少山山多少水水
你喊遍大半个中国
可怜那翅膀
和命一样薄

今逢母亲忌辰
终于如愿以偿
我的心廓塞满
你的半哭半唱

暮色溶尽夕阳
枝头只有风响
去寻时方才发现
你把死钉在树上

坟祭

——纪念母亲忌辰 42 周年

伤痛累累的头
垂在母亲面前
结了厚茧的泪
突然化蝶而飞

夏以茎叶冬以根的墓草
替我守了四十二个春秋

啊，母亲
父亲给了您一方手帕
您用它包起一个家庭
手帕拧出一条小河
再扬起来作风帆

啊，母亲
您给我的骨骼和血肉
是我灵魂的铠甲
自从我走进您的生命
您的生命便不再疼爱自己

暮色中，矮矮的坟冢
是盘腿而坐的您吗

无论从哪个方向看
您都背对着儿子

母亲
您为什么
不肯转过身来

长夜无眠

——纪念母亲忌辰 43 周年

这双眼，是
无论如何
也淘不出甜水的
老井
眼中泪
曾使枕头
长满年轮

母亲呵
儿子的思念
一如头上
染黑了再变回来
剪掉了再长出来
一千年也洗不去
一万年也朽不了的
萧萧
白发

当我寻找归宿的时候
母亲，您的墓
就是我的家
一脚踩到天边
我会抱着那轮落日
去找您

牵牵绊绊的日子

——纪念母亲忌辰 44 周年

望着先长满叶子
后长满蝉鸣的树
牵绊着这个日子

母亲总是隐在
视线的尽头
与我保持着
日出到日落的距离

多少疼被断齿咬断
一节节含在嘴里
除了
破渔网一样的睡眠
只剩下
被岁月啃剩下的自己

入夜在葡萄架下
怅然独坐
三星是我高擎的香烛

再也抱不动的
那滴泪
擂疼
大地的额头

扫墓

我又看见母亲
剔着短短的灯芯
把长长的夜
一寸寸
烧成灰烬

满把坟土
握得紧紧
手背手心
岂止是
自己的体温

母亲的血
灌溉我一生

清明时节

漫天飘飞的风筝
有一只
是我

牵拉的线绳
那根
半在阴间半在阳世的脐带
是母亲在黑黑的小屋里
用她心上的肉
搓成的

那里的时光是死的
可母亲在世时
那些时光怎么不死

线绳向我心的这端
一年一个结
一节一串疼地打过来
直到我
含笑
落在母亲空空的怀里

灰门槛

村上举丧
凡灵柩经过的门口
必须用草木灰
筑一道门槛

隔断阴阳
死者的灵魂就不会溜进来
这是随着香火
代代相传的民间俗信

而我却在
自家的灰门槛上
蹶一个豁口
盼着有魂儿进来
给那边捎个信
让娘回来
看看我

夜宿旧居

卧在土炕上
感受从地下
缓缓传来的体温

那在心窝子里
捂了一辈子的两个字
娘——亲

无题

我是——
故乡的土
母亲的乳
父亲的汗
自己的泪
捏成的泥人

而漂泊的心
却是用愁绪和思绪
每日一刀每夜一刀
刻出来的

老屋墙角的蛐蛐
又在背诵
我的家书

祭扫母亲墓

满头白发
缓缓垂下
问坟前
含笑带泪的小花
许多年来
母亲和你
都说了些什么

母亲的话
花的根须
默诵在地下
母亲的话
花的叶子举着
折了手臂也不肯放下

纽扣

病重的母亲
用干柴棒一样的手
最后一次
为我缝缀纽扣

好几次针扎在手上
没出一点血
母亲的眼里
亮着久违的光

许多年过去了
那枚纽扣
长成红红的朱砂痣
贴在胸口
听我笃笃的心跳

上面，凉凉的指纹
下面，暖暖的体温

老屋

常常想起
故乡废弃的老屋
像坠在地上
风切雨割的鸦巢
又像依闾而望的
母亲　站在
瑟瑟的等待里

只待见面时
把心窝里的温度
掏给我
才肯
坦然倒下

鞋子

小时候
穿娘做的鞋子
穿着穿着
就张了大嘴

不苦还叫鞋
疼又向谁说

等我顿悟过来
鞋子似乎想向我
说说路的事
可娘做的鞋子
和娘一样
再也无处寻找

筷子

自从学会了使用筷子
它便没有一餐离开过你
你贫寒，它不离不弃
你富足，它只是换一身外衣

它什么也舍不得吃
一心只为了让你吃
就是你活到七十八十九十
它也一口一口地喂你

每当饱餐已毕
它才有片刻的喘息
来不及洗一洗周身的辛劳
只是默默地看着你

每当面对筷子
我总是久久凝视
哪个是我年轻就故去的娘
哪个是我年迈尚健在的爹

等我百年之后
在灵前摆上一双筷子
那才是我和我父母
最后的诀别

祭奠父亲三炷香（之一）

回光返照
是最精彩的谢幕
为了这一刻
你准备了一生
之后只剩下
冷寂复冷寂的舞台

我的手
摧枯拉朽地热过去
你的手
排山倒海地凉过来
两颗心
同时结冰

总想给你百岁之寿
足足欠了你八年
儿子只能将戴罪之身
在你面前
用热血点燃成
一
炷
高
香

对不起了
父亲

祭奠父亲三炷香（之二）

"立志立意私淑杜子美，
作人作文追踪周树人"
父亲曾为我写下座右铭
　　　　　　——题记

有一口气
七手八脚没扶住
跌倒了
再也没有爬起来

星星刚刚
打捞出太阳
您啃完最后一块时间的骨头
转身去了黑夜

最后的表情
是挂在嘴角的笑意
父亲，您看到了什么
是三魂
是七魄
肉体
只是它的影子

归去来辞

红色岁月　红色历程　红色史诗　红色经典

归去来兮

曾是您

最喜爱的诗句

祭奠父亲三炷香（之三）

又一场大雪
下在阴历的四月
下在四月的第二天
下在寒星凋零的四点二十分
从脚踝到头顶
从头顶到四肢
下满六十八岁的我
下满一个雪人的心

母亲的那场雪
下在五十六年前
下在五月的二十八日
正午的阳光
半身麦芒
半身寒霜

如果轮回是无穷无尽的
——圆周率
或是除不尽的
——无限循环
总有一天我们会一同
站在脚下的飞来峰上

但是，我现在必须说

我不是孤儿
我还有亲娘一样的继母
我还有亲娘一样的妻子
我还有亲娘一样的女儿

上坟

哭母亲的泪还没干
又用来哭父亲
哭父亲的泪还热着
又用来哭继母

里面睡着
三位亲人
外面跪着
六十八岁的孤儿

父母的哭

年轻的母亲
去世的时候
父亲一遍一遍地哭喊
我的人哪
我的人哪
一声比一声大
一声比一声痛

就这样
父亲
送走了母亲

五十七年后
父亲去世时
母亲一遍一遍地哭喊
我的人哪
我的人哪
一声比一声大
一声比一声痛

就这样
母亲
迎来了父亲

安葬父亲

春，来犹未来
冬，将尽未尽
挖开的坟土
有大地的体温
也有母亲的体温

双膝伏地
泪水滔滔
满把满把地攥着
娘，您开门哪
俺爸来了

旧时燕子

——清明时节回乡扫墓在老屋前流连

儿时家里
年年飞来燕子
一口一口地筑巢
一口一口喂她的儿女

大燕下颌红红的
小燕嘴角黄黄的

我问母亲
燕子怎会认识咱家
母亲说
还是头年那一只

离开大半年
往返几千里
不是头年那一只
怎会认识这个家

大燕下颌红红的
小燕嘴角黄黄的

若是头年那一只

该是怎样的一只
一只不老的一只
一只永远的一只

旧宅里半栋老屋还在
老屋里半个泥巢还在
泥巢里我的目光还在
母亲啊，你何时飞来

大燕下颌红红的
小燕嘴角黄黄的

我把母亲的命熬糊了

白天为母亲煮粥
入夜为母亲熬药
手上烫起的泡
破
不破
都是母亲的泪水

又是一个傍晚
又是一锅草药
该死的我竟然睡着了
一锅药糊成锅巴

母亲大大的眼里
膨胀着恐怖
娘无力地说：药熬糊了
人就要死了
我的心和那个短把的药锅
痛痛地碎了一地

我最大的罪孽
是亲手
熬糊了母亲的命
至今痛悔不已
没把自己
当药引
投进母亲的药锅里

滴水相报

——纪念母亲忌辰 57 周年

十二岁那年
一个午天
太阳大得像磨盘
我却遇见了
鬼吹灯

不知它施展了
什么魔法
吹灭母亲那盏灯
吹灭
我唯一的太阳
吹凉
我满腔的血

从此
所有的上弦月
都是我折叠的纸船
从初春到夏暑
从秋末到冬寒
夜夜
在天上哭喊

满眶的泪水

告慰娘亲

您的涌泉之恩

只能滴水相报了

满眶的泪水

告慰娘亲

您的涌泉之恩

儿子

只能滴水相报了

照天下的路

天光大亮
操劳一夜的星星
都到哪里去了

啊——
那是我的父母
那是我们的父母
那是盘古开天以来
亚当夏娃以降
所有走远了的父母
在天的最深处
将他（她）们的目光
聚成太阳

为天下的儿女
照天下的路

一个真实的梦

我半睡半醒
不是听到
而是感到
对面房间
有异样的动静
赶紧跑过去查看

一张床板
光光的没有铺盖
床边一张条桌
顺着桌子我摸到一个
躺着的人
抱起来一看
竟然是我的娘亲

娘的身体很轻
像停止的风
可抱在怀里
实实在在

娘漂亮丰润
比过去还年轻
只是脸庞红红的
有点像关公

娘不说话
也不看我
我大声地
用心在喊
娘
我想和你一起睡

娘拒绝了我的灵魂
轻轻一推
就把我——
从阴推到阳
从梦推到醒

我睁大眼睛
整个世界都空了

又是清明

撕扯我的
不止是早春的风
还有地下
透出的湿寒阴冷

问父母，为何
不来儿子的梦里取暖
让我等过深秋
又望穿残冬

父母不来我的梦里
我最终要回
父母的怀里
父母身边
空着我暖暖的墓穴

向天一跪
阳光也碎成了泪

又见母亲

母亲问我
有什么心愿
我不假思索地说
再一次
作您的儿子

不管父亲是谁
是达官贵人
还是草野平民
我只要您
作我的娘亲

一声啼喊
撞开世界的大门
满天空
泪雨纷纷

仅仅为了这个愿望
求您
再作一世女人
在轮回的路口
苦苦等我
时间
会有足够的耐心

母亲的名字

怪谁呢

我找不到责怪的理由

只能认罪

我忘记了母亲的名字

那时候日子很老

我又很小

母亲姓胡

只要见了这个姓氏

心便扑上去

直呼娘家人

母亲的乳名叫小大

外婆这样呼唤她

亲昵而有诗意

神性透着玄机

无论多小都是大

无论多大也是小

小到碾成颗粒

大至无边无际

一切的一切

都是天意

我说得对吗，母亲

儿子等待

您的恩准和开示

大雪纷纷

莫非母亲
用了五十八年
修炼成
漫天飘舞的精魂

母亲在时
朝哪走
都是家的方向
母亲走了
总觉得
灵魂没了故乡

母亲是我
心上唯一的命门
我是母亲
最后的那抹泪痕
心如落叶
布满树的年轮

大雪纷纷
扑满全身
我高高地仰起脸来
承受垂爱之恩

这个夏天从冬季里度过

——写给灵魂和躯体若即若离的妻子衣美娟

上苍给了我两三秒

我迅即跨出两三步

用通身大汗

抱住摇摇欲坠的你

你被黑暗的光击穿

又被无声的力击中

一个叫脑梗的幽灵

霸占了你的中枢神经

白色的救护车白色的火

白色的隔离衣白色的冷

我和女儿在病危通知书上

签下失血的姓名

抢救时插管吗

我摇头

喉头切开呢

泪摇头

可以开颅吗

心摇头

拜托了，大夫

请给她一口气吧

一个偏瘫的妻子

我扶着走

一个全瘫的妻子
我背着走
一个植物人的妻子
我抱着走
大夫，拜托了
请给她一口气吧

妻子猝然倾倒
把我的一切都摔碎了
全家人的双手
捧着——
饮食的碎屑
睡眠的碎屑
都是日子的碎屑
生长阳光和诗情的心
如今生长雾霾
曾经说过
我有一口饭
就给你一口食
我有一口水
就给你一口汤
可如今，可如今啊
满天满地的空气
只给你游丝般的气息
让我陪着一个
四大皆空的家
风是空空的过客
灯是空空的眼睛
三两声狗吠
像是叩响的门铃

一个半阴半阳的是你非你

一个真假连体的是命非命

一个不存在的存在

一个存在的不存在

大半生错愕一声浩叹

呜呼哀哉

缅怀妻子衣美娟

序

心香八瓣
聚成一朵白莲
遥献于妻子
也是未来
自己的墓前

之一

两年前的今天
你走了
我的心
成了孤儿

之二

有你在，你我他
聚成我们
你不在了，我们
又成了你我他

之三

你的眼睛

是全食的月亮
再也透射不出
生命的光

之四

你留下的衣服
是你的皮肤
一年四季护佑着
我身心的温度

之五

熊熊的炉火
是又一次临盆
亲人的心里
有你永驻的金身

之六

我感到孤独的时候
就到新居门前来坐坐
一首一首
读写给你的诗歌

之七

那些诗在心上
一针一针地分行
每个词句都是种子

让墓草抱着生长

之八

当生命被时间凌迟
脚下生出根须
我自然会来这里
和你做阴阳的连理

雨中祭

肉体若是

灵魂的替身

该有多好

可你留下的

却是

焚身碎骨的痛

你走进大地的心里

一年一度这一天

又捧着眼泪走回来

没有泪

怎么生根

没有根

怎生连理

每念及此

睫毛便成了

落雨的屋檐

每念及此

五脏六腑

都疼成

一颗一颗的心

清明祭拜

之一

这是老祖的
这是爷爷奶奶的
这是爹娘的
伴着香火
用心读一遍族谱

跪下去跪下去
起不来也要
跪下去
大地用它的大
丈量
我的身躯

灵魂
是另一种存在吗
每座坟头
都被阎罗老倌
压上一座
五行山

玉皇大帝何在
观音菩萨何在

请众家神明
大发慈悲
动念密宗真言
揭掉坟头上的咒符吧

之二

走着走着
走丢了许多亲人
亲人又走丢了
他们的灵魂

多少次潜回梦里
拥抱失散失联的众亲
可都没有到达
心那样深

语言在嘴上风干了
心愿也制成标本
怎能不被时间和自己
痛打一顿

日子的重心
正在悄悄移动
过去是中秋
现在是清明

渺远的乡愁

有一种病
从上古
传染到如今
救治只是
发几声喟叹
调拌怪味的眼泪
从肺腑的皱褶里
抄几篇诗文
抚琴吟唱一番
它是生命
无形的血肉
又是爱的
另一种翻译
说它小
是老屋是村落
是清辉抱着冷月
是热风煮疼蝉鸣
说它大的确很大
置身海外
它就是国家
巡游宇宙
它就是地球
它与魂灵
如影随形

跪别祖坟

双膝跪出了坑
泪水淹透了心
先人们睡得
和大地一样深

春草是他们
打补丁的衣裳
杂乱的坟场
穹庐一样荒凉

年年清明今又是
拜别宗庙般的祖坟
自身已天荒地老
能否还有一次转身

人间事
总是来不及思忖
疼痛的骨刺
静悄悄地扎根

你的信
像燕子
从温柔乡飞来
在我的心梁上
筑个窠臼

第二辑

月亮的故乡

回归故里

一段一段地掂量
生命的分量
期望抚平
时间的折痕

一大把年纪
拆成中年
又拆成童年
如果可能
定会
一直拆下去

落叶篡改了
生命的方向
夕阳再一次
抱起所有的炊烟
我缓缓地跪下
双膝吻过的土地
是世间
最高的台阶

红色岁月　红色历程　红色史诗　红色经典

胡杨部落

站立在
奈何桥上
千年不倒的
是胡杨
横亘在
阎罗殿里
千年不朽的
是胡杨
几滴英雄泪
天地共沧桑
谁解得了
它的万古柔肠
胡杨
生长在
蛮荒凄绝的地方
胡杨
行走在
修禅布道的路上

雷雨岳飞墓

题记：恍惚中似见"风波亭"三个字。刀光闪过，身首异处，有人痛呼岳元帅，惊醒方知是淋漓大梦。忆起那年祭拜岳飞墓遇雷阵雨，有诗意袭来。

祭拜岳飞墓
偶遇雷阵雨
苍天啊
你的胸中
竟然也有
这多悲壮的霹雳

一把刀
一把寒气逼面的刀
从南宋王朝
闪电般飞来
就是它
在风波亭上
取下那颗
须发凛然的首级

八百年了
虽无人将它唾骂
但确实是
所有钢铁的奇耻
今儿，它泪流如洗

在岳飞墓前
一次次
刎着自己

包公祠前默立

无轿可拦
也不见
拦轿的喊冤人
坐东朝西的门洞里
刚悬起朝阳的堂鼓
想击打，却没有
那么长的手臂

包龙图堂下的铡刀
是血迹还是锈迹
包青天额上的月牙
是否又瘦了几许
脚抬起又落下
他怎会待在家里
不是去民间
微服私访
便是下阴司
探查冤狱

木木的我
缩成
一方惊堂木
默默地
等他归来

聚五千年丹心之气

于皇天后土

喊一声：升——堂

包拯

有情最是你
无情最是你

三口利铡
切下几段鲜血人生
随手一掷
便溅起轩然大波

从千年前的那一端
奔涌而来
向千年后的另一端
奔涌而去

每一次撞击
都成千百万众的
仰天长啸

你千古去了
草民不是一品官
不敢启动你的铡刀
只能用牙齿
风一口雪一口
复制你的故事

野草赋

——写在木兰围场

在广袤的内地
在诗人李庄的笔下
杀死过许多镰刀的野草
在这没有镰刀可杀的地方
在康熙乾隆射猎的木兰围场
杀死了许多岁月
也杀死了许多王朝
形似狼毫羊毫
却是一支支的大手笔
绘出蓝天绿地的模本
天下为之称奇

几阵秋风
就枯了黄了
一场春雨
又绿着回来
试问
除了野草
谁有这大的江山

百姓草

在死过去的地方
活过来
又在活过来的地方
死过去
生而为草，代代为草
究竟谁在操控生命

都是苦命人
都埋在土里
不怕刀火
不怕蹄子和牙齿
只要根在
就能重返天地

不知其个体的名字
统称为百姓草
只要喊一声
张王李赵
它们就兴奋地
摇头晃脑

长天让开一条路

我常常这样想：雁的祖先不会飞翔

像鸡？像鸭？

也许和企鹅相仿

是命运给了它一次重创

又给了它一双拐杖

拐杖生根了

扎进血肉

慢慢长成硕大的翅膀

南方北方

情浓处都是故乡

若不是

揣一颗归心

怎么会

岁岁年年

飞越两个八千里

嘎嘎，雁鸣三声

长天让开一条路

心的涅槃

不到黄河不死心
是民间俗信

我问过自己
也请教过他人
到了黄河
心就死了吗

我到过黄河的源头
血脉化作
潺潺的细流
我到过黄河入海口
激情涌作
排空的浪头
几十年
活在它的身边
魂魄
染透它的颜色
吞吐
伴着它的起伏
黄河
我的血亲
见一次
心就死一次
每一次
都是心的涅槃

雕刻进行时

铁锤钢錾

铿铿锵锵若平平仄仄

苍苍大师

使出平生功力

雕刻诗仙

李白的《将进酒》

把这首诗

钢声铁韵读出来

趁着錾子

跳动的刹那

我潜进前朝

拂去明清

八股文的层层浮土

拜谒灵秀若水的宋词

和山峦壮美的唐诗

未及细读

便被炎黄二帝

拽进文王春秋

贪婪的我

固化在里面

含着泪

谛听斑斓的奏鸣

放生

佛心善意
从死亡线上
拯救许多
鲜活的生灵
来河边
诵经放生
我心屈双膝
泪摆树影
感恩命运的神灵
打通关节
劫了法场
或巧施密宗之计
把我从魔掌中
撕扯出来
在茫茫人海
三次放生

从而
我的心
比我的世界
还要重

我不是一个人的自身

——出院周年记

绝非

九死一生

而是九点九死

零点一生

活转过来

总觉得体内

不止一个自己

不止一个

自己的真身

天悬日月

地载山河

我会是天地三界

争回来

存于丹田之中的

那口气吗

心

稳住节奏

磕着

等身长头

混血儿

昏迷中
翻开永夜那本书
荒诞的文字
让我知道
我虽未修炼成佛
也没堕落成魔
天堂和地狱
都是我可能的走向
灵魂举起浑身的骨头
敲打生命之门
命穴上那堆冰雪
如何才能融化
混沌和血泪
在亲人的心里
煮了又煮

走出病房打个趔趄
哦，生命原本是
肉体的过客
我要对世界说
从此后我就是
阴阳两界的混血儿

红色岁月　红色历程　红色史诗　红色经典

生命之河

生命是一条河

有上游，有下游

有发源地有入海口

有巡游疆域的血脉

有随魂魄一起遁形的经络

昏迷狠狠击穿了我

每一步都是千沟万壑

命运弄人张皇失措

谁布下这满河鬼怪的风波

有河在总该水意婆娑

可是我至今仍感到饥渴

和我一样渴的

还有这条

曾经徒唤奈何

继而呼天抢地

终于起死回生的

生命之河

上帝的特赦

——献给省中医院东院医护人员

昏厥可是折返
生命的原点
那是甚至比闪电
还迅猛的速度
人将殁，心还在
怎能撒手而去
还有很多很多
遗落在走过的路上
衰竭的心脏
瘫卧在胸腔里
大夫用电击
连声叩问
你想想
你丢失了什么
冥冥中递给我
一株还阳草
我抓住它
聚焦散漫的灵魂

天使替我
呈上一份申辩
上帝把我
特赦回来

弹壳

我珍藏着一枚
半自动步枪的弹壳
作为军人
那是我第一声
冲锋的呐喊

半个世纪的濡染
我终于历练成
它的质地
它渐渐包浆成
我的皮肤

回忆当初
它一怒之下
点燃了肺腑
爆响的是誓言
射出的是头颅

老者

也是中秋之夜
她一个人看月亮
看了一会儿
又看了一会儿
看凉了月亮
也看凉
自己的肩背

年轻和美
曾多次在岁月中突围
情是血中的红
志是骨中的髓
面前这冷冷的秋水
是掬待燃的泪

人啊人
既然生死相随
那就横下破碎的心
时时面对

只是月亮
请你稍作停留
低眉顺眼
让她
亲亲你的目光

地球，你驰往哪里

家住在
省中医院的对面
千佛山
医院的东边
救护车一支支
白色的响箭
五脏六腑和全部神经
被钉在靶环中间

我辨识着
揪心的警笛
哪一辆先带走了
我的父亲
哪一辆又带走了
我的妻子
佛心善意的救护车
你把我们的亲人
带到哪里去了

其实，地球
也是一辆救护车
以自转的方式
探寻着方向
以公转的速度

在星际间奔突

地球，你真的知道
人类的救护站吗？

胸水

茫茫天宇悲情千里

老天的眼

挤了又挤也未见

泪水几滴

我怀疑有些水

潜入我的胸腔

几经探查

也不知来自哪个脏器

只能先行一招

穿刺抽取

肋骨间还安了阀门

以备不时之需

胸水虽多凝不成雪

行不了雨

正好借此契机

洗一洗

胸中尘俗

荡涤五脏六腑的

不洁之气

缉凶泼猴

花果山水帘洞
受到重戒的毛猴
逃出山门
一个跟斗云
逃进我的肝脏
像齐天大圣钻进
铁扇公主的腹内
它筑起营寨
自立为王
整日里操兵走马
打斗拳脚
我高烧
被投入八卦炉内
寒战一起
又击打百架小鼓
白衣天使用神窥镜
侦察敌情
我用心把肝胆
高高举起
看得准吼得住
一击将那泼猴拿下
处决时
我清楚看到
它的名字叫
肝脓肿

骨刺

谁在我体内
布下这多暗器
竖刀
横锯
无所不用其阴
无所不用其极

眼里醒着的是泪
心里醒着的是血
骨头里
醒着的是磷光
权且当作
御手脚上的马刺

心已皈依
我会把自己
安放在
最后的诗行里
盼只盼
我的诗
能比我
见到更多的时日

病房的天花板

诗人臧克家说

病房的天花板

是一页读腻了的书

在重症病房

我把书看作屏幕

可它却把彩色

涂成单调的粉白

又把立体

弄成乏味的平面

那无字的天花板

可是留待

大夫书写

生命的判决书吗

往深里一想

顿感心穴

二尖瓣三尖瓣

不是狭窄便是返流

如果病号服

是另一种囚服

就请上帝

垂怜天下生民

痛惜芸芸众生

统统

赦免了吧

五十肩凝

五十肩凝
五十肩疼
巨疼袭来
真想断臂求生

何言肩周炎
疼半年
我疼过十个春夏
又疼了十个秋冬
每遇风寒湿冷
冰冻肩
刀割锥扎针缝

兴许是
擦肩而过的
太多太多
我
恐怕要
悔疼一生

一笑了之

惊叹号
是下下签
描绘我一生
曾三次被抛到
病危的悬崖
像风在吹
一根发丝

而今的我
还是这个符号
头颅孤悬于
阴阳颠倒的天地
符号中间
那一丝缝隙
似阴似阳
若断若续
是命运的偈语
还是爱和诗的期许
愚者了了如我
都是神秘
智者断言
我护法在身
八世祖洪德助力
天地间

还有多种翻译

不知是量子纠缠

还是暗物质

哈哈

一笑了之

百合

诗意加禅意
是百合花的名字
不知谁
有这般绝妙的创意

人间有百合
人生也有百合吗
求一合尚且不易
何谈百合

如是所闻
每一次创伤
都是一次成熟
在顺境中修行
永世不能成佛
如此说来
反合也能修成正合
天下苍生
哪个不是
求一合
就期望多一合

人间有百合
人生求百合
百合之人
不是菩萨便是佛陀

老爷子

三个字
把我推进
华夏
名人的谱系

孔子
孟子
老子
庄子
后面一个
就是我了
老爷子

这个称呼来之不易
需经过数学测试
早先举一反三
后来丢三落四
后来的后来
还会
丢三落四五六七

最后尚不知
把自己
丢落在哪里

大河封冻

上下天光

一片大明

家乡的这条河

所有的波涛

都用冰来塑形

我把心贴过去

听冰层下面

来自沱沱河的水

来自通天河的浪

来自三江源的溪流

汇聚一起

用巴颜喀拉的旋律

排练

一首诗词

啊——

大江东去

浪淘尽

千古风流人物

待坚冰消融

携万里涛声

在太阳的聚光灯下

到大海

去抒情

大河涡旋

满头乱发
满心乱绪
凭借
自己来梳理

扎眼的污秽
堵心的苦涩
一口一口
吞进心里

解民饥渴
是小小的祈愿
供稼禾以血
是献祭的循环
升空为云
变成龙的巨口
灭除
火一样的干旱
有你便有
至尊的上善

心中有一句
无声之语
去大海

洗一洗
身体负载的灵魂
和灵魂支撑的躯体

那是一个
祖传的问号呀
始于屈子
继之于苏轼
问天问地
问民情民怨
也问大江何去

喊了多少年
喊了多少遍
喊醒多少朝代
喊殁多少朝廷
老天哪老天
可否听见
众水众口
捂不住地吼喊

羊脂玉

羊脂血玉
心一样的颜色
在太上老君的
八卦炉内
和齐天大圣
一起烧炼
继而力劈灵霄
应运出世
从龙脉之祖的
巍巍昆仑中
玉出自己

代佛问心

登千佛山巅
望月观天
叹儿女情长
何处觅带泪的诗笺
嘘英雄气短
手中笔曾是出鞘的剑

天做棋盘
执白为先
效堂吉诃德
来一场风车大战

怎奈，知性的骨骼
诗性的血脉
垂暮中，渐次沦陷
低下头
代佛问心
用自己的肝
照自己的胆

济南佛山

莫说开门见山

坐卧行走

举目便可饱览

起伏颠连

泰山血脉的眷顾

暖情怀壮肝胆

木鱼引领

登临

广爱博施的佛山

峰回路转

足踏红莲

每一步

都伴着经卷

每一阶

都结着佛缘

寺院是佛的驿站

佛总在最高处

所以才

一襟怀抱天下

牛皮鼓

牛的命和牛的皮
被一刀一刀地剥离

如今你绷紧灵魂
吼出
最强力的声音

两军对阵
总是血溅历史
你发出号令
去攻城略地

贪官酷吏
草菅人命
无命的你
总替要命的人
捶胸鸣冤

被千槌万槌地砸破
除了空空尽是洞洞
不曾大象无形
终于大音希声
生死间
成了又一个济公

月亮的故乡

——诸城（密州）拜访归来

且不说有晴有阴
天上不时祭起漫漫风尘
月亮还诡秘地
变换身段
时常到
地球的背后隐身

玉兔患了夜盲
嫦娥满腹惆怅
天地间
除了游走的星星
泪水一般流淌
就剩下千里万里
黑暗
编织的苍茫

你想看到明月吗
请朝密州的超然台仰望
苏轼一阕《水调歌头》
千里共婵娟
便是
月亮的故乡

除夕钟声

不知是否

真有三生之幸

除夕夜

这个节点

闭上眼睛送走一岁

睁开眼睛迎来一年

终点起点

同一个驿站

消亡新生

同一刻转换

千佛山顶

万众倾听

那口有心向暖

无力驱寒的古钟

正用痛快的痛

痛苦的痛

撞响

生命的回声

琢璞为玉

从母亲的昆仑山
采一块璞石
连自己都在猜度
内在的质地
痛下重手
施以钢铁的利器
揭顽皮剔杂质
深刻就里
飞溅的石屑
是血泪的凝聚
人间原是
自我设计的炼狱
而所有的我
都想知道
心中究竟有一个
怎样的自己

琢璞为玉
若能成为上帝
手中的把件
此生足矣

青花玲珑

我是土
不再飘动
你是水
不再流动
结合在烈火里
成千古芬芳
青花玲珑
不再看
钟表的长针短针
不再想
古道的长亭短亭
不再恋
睡榻的长梦短梦

若水若风

上善若水
也若风

水现身有形
风来去无踪
风敢去
太岁头上动土
水震怒
能够搅翻龙宫
水润万物
万物视为生命
风起水涌
生命为之脉动
水和风
阴阳共生

上善若水
也若风

上善若水

煌煌四个字

是绿色植被

覆盖了九百六十万

平方公里的土地

研读它的真谛

书写它的词句

古往今来

诠释多如水系

精辟堪比佛语

我总以为

水就是真理

冻结成冰

天山珠峰南极北极

蒸发成汽

升为霞彩云游天际

静而无言，怒而有声

彻外彻里

赤裸着自己

梦在梦中

羽扇纶巾
端坐城楼之上
手抚瑶琴
沐浴天风
巧布诗的方阵
点字成兵

奇门遁甲
阴阳八卦
千多年来
成就诸葛亮的
八阵图
依然
披着层层面纱

梦在梦中
还需
一醒再醒
这座
怪诞的空城
完胜
十万雄兵

扯疼夜的神经

尖厉的叫声

从高空俯冲

一架隐形战机

扯疼夜的神经

若拍成

电视连续剧

定是恐怖染着血腥

它终于得手了

用淬毒的飞镖

将我刺中

还提取了

和我一样的 O 型

举目窗外

问九天星星

一滴血

能否测知

还存续多少生命

坐穿心底的

那

滴

泪

究竟有多重

做不来头悬梁

锥刺股的苏秦孙敬

就效法

夜读春秋的关公

将锐气

磨砺出

青龙偃月的刀锋

红色岁月　红色历程　红色史诗　红色经典

夜深沉

回溯履历

卧听千里

刺破云天的雪山

波飞浪卷的海面

都有

发声发光的足迹

有多少

不会再来的来

有多少

不曾过去的去

伴几声长叹

和短吁

索性

披衣而起

从右是长江水系

左是黄河支脉的眼中

取几滴水

冲泡

五味杂陈的苦丁茶

夜之黑

太阳
被投进牢狱

苏轼挥毫过的
李白口占过的
历代文人骚客
咏叹过的星斗
蜂拥而起
奔走在
劫狱的路上

慷慨赴死
不惜
最终跌落
云锁雾障的悬空

世间几多
鬼头刀
哪个敢窥伺
太阳的头颅

暗夜黑牢

被打进黑牢
方如此渴求光明
也曾八方呼救
谁人听它痛说怨情
它用尖利的
千手万指
把夜的铁幕
撕扯出
数不清的深洞

直到天之东
流出
血色黎明

日子

什么样的魔法

把日子

切割成

长夜与永昼

切割成

被称作太极图的

阴阳鱼

一条黑质

一条白地

内中有

被解破的玄机

还有更多

更多

永不可知的咒语

十五的月亮

是生日蛋糕吗
摆放在天庭之上
蓝色的台布
白色的餐巾
塑以嫦娥玉兔
和同天并老的松柏
一日一餐
吞尽它的光华
留下满屋子的黑
神奇的魔术师
从布袋里
掏出
大把大把的星星

这是春天

所有的生命
都举起了头
所有的生命
都张开了口
所有的生命
尽情演绎
自己的色彩
当然包括
在漫长的冬季
以死的形式
活下来的
野草的族群
即使，被
防不胜防的倒春寒
以扫地出门的凶狠
砍杀得枝断花残
只要心不死
它们还会
再生一个春天

春度母

春喏起
桃杏的美唇
给了冬
一个深深的吻
千里冰封
雪舞苍穹
威风八面的冬宫大帝
若松赞干布
宠爱文成公主
馈赠了
普天之下
莫非王土的全部
还有甘愿
被融化的情愫

寺庙中
膜拜白度母
绿度母
心中又添春度母

听泉

在泉城听泉
听泉世界的泉
最是惬意
黑虎泉
用耳朵听
珍珠泉
用眼睛听
金线泉
用意念听

夜静人不归
漫步寻雅趣
在芙蓉街
在曲水亭
在百花洲
或行或立或踟蹰
双脚
在青石板上
听泉的耳语

水做的姑娘

清流也似的仪态
波光一样的目光
指尖上
常拈着
七十二泉的水香
情感
便有了
泉天下的
体温和蕴藏
偶尔掠过一丝闲愁
暮云，晨雾
是从心而动的徜徉
水做的女子啊
哪位是
名叫
水精灵的姑娘

亲历荷塘

大片大片的绿荷上
颤动的水珠
是迷路的泪水
还是异化的心事
从夜的襟怀里
推展出来
身边的荷花
结着莲子的心
用微笑
哄逗着自己
明湖大的明镜
碎在跌落的一滴
我想知情
那些
在与不在的液体
可在创作
又一部《神曲》

珍珠泉

液体的火苗
晶莹的泪
小精灵的后裔

前身曾经死寂
九泉之下黄泉之中
层层炼狱

只要存一丝气息
向死而生拼尽
通灵的洪荒之力

回到泉的故里
珠珠串串都是
阴阳混血的自己

千佛山

一经雕凿
是在朝的佛
未经雕凿
是在野的佛

香火散尽
木鱼吞声

天地万籁
是朝野间
永无休止的
论辩

登临佛山

心敲着木鱼
影子磕着等身长头
光着脸长大
第一次
活到七十七岁
登山而来
青春的加力
已经失去
余半支蜡烛
用火苗
左一口右一口
啃着自己

一介俗民
在山巅
行立坐卧
下面是
千佛山的佛
万佛洞的佛
怎不令人感到
亵渎了
它们的尊严
如是所闻
所有的道场

都是佛家
慈悲的双肩

我向天看佛
佛向我看心

塑雪人

亲爱的

你我都在尘世

却没

见过彼此

心说相见恨晚

有缘不迟

可那缘那分

总是失之交臂

于是我狠狠心

揪住冬天的尾巴

下一场雪

请你按图索骥

照着心中的样子

塑一个雪人

左看是我

右看是你

心有灵犀双飞翼

我会在流第一滴泪的

时候奔了去

莲之心

寻一把
柔情似水的刀子
切割自己

从敏感的肌肤
到所有穴位
从流动的血脉
到八百灵窍
还有一条条游走的神经
一阵阵急促的呼吸
我不知道
哪一种疼
疼得最好

唯一割不得的
是方寸之地
好让你在上面
步步莲花

如果有一天
这颗心千里冰封
你就是那峰巅上
一朵雪莲

心有誓约

我还是有些担心
到了那个世界
稍不留神
又被转世为人

心有誓约
来生
我的骨骼
轮回为山
对你
恒有千山的瞩望
你的血脉
轮回为水
对我
总有万水的萦绕

我的发小

多吃青菜
最好是野菜
是热情的推介
也是谆谆医嘱
吃着吃着
泛起涩涩的酸楚
这些镰刀割不绝
牛蹄子踩不死
来自田头沟边
来自祖坟怀中的
绿色家族
都是我
永远不老的发小
饥荒年，舍命救命
而今又，以命助命
我掐了掐
它们不喊疼
只汪着
绿色的泪

荠荠菜
马齿苋
蒲公英
喊一声
都深情地回应

鱼化石

仅仅为了
见我一面
你血肉化岩石
一个世纪
又一个世纪地
等待

仅仅为了
见你一面
我死去又转来
一次轮回
又一次轮回地
投胎

修佛路上

青藏高原腹地
诵经念咒的路上
虔诚的佛教徒
磕等身长头
身敬意敬语敬
手套板把沙石擦出血迹
土遁过的身体
缩小与神的距离

我双手合十
躬身而立
隔着泪幕欣赏
与灵魂共舞的英姿
可就是忘了
问问他们
从世外来
还是到世外去

父女问答

戏水踏浪的女儿
捧一捧南海给我
爸，你说
里面有多少江河

接过南海接过重洋
神秘地凑近耳廓
只有在天涯海角
才听得出它有多少脉搏

吻

我曾用带着
父亲的精血
和母亲乳香的五体
吻过你

我曾用跪拜过
皇天后土
和祖宗先人的双膝
吻过你

我曾用被诗情
和意象反复
叩击过的额头
吻过你

我曾用
始而清澈
终而浑浊的目光
吻过你

更多的是
我用半是芒鞋
半是骨刺的双脚
吻着你

吻

大地啊
你的心中
可录制下
这其中的谜底

家园与江山

——写在乐陵枣林

数千亩枣林

是座罗汉堂

每一株千年古树

都是一尊罗汉

粗粝的形貌

血性的肝胆

从不惧

上天雷电横邪

从不弃

脚下土地瘠寒

站住脚

就是自己的家园

扎下根

就是世袭的江山

桃园

哪一朵桃花
最先点亮
满怀满抱的春光

毛茸茸的嫩叶
抖擞精神
伸展梦中长出的翅膀

炫舞的蜜蜂
鼓着泪囊
吻遍丛丛花蕊

桃花已不是
去年的桃花，蜜蜂
是否还是去年的蜜蜂

1921-2021

春入桃林

桃李不言下自成蹊
当改为
桃花不言下自成蹊
不到桃林
照样可饱鲜桃之口福
而桃花，蕊弄春风
仿若旧巢新燕
吐花之语
咏花之诗
唱花之谣曲
满树满枝
满天满地的红艳
恍若一群鲜丽的少女
嬉闹着戳醒春天
不入桃林岂不是
思花不得见
徒留兴叹耳
不入桃林
怎么会想起
人面桃花
情切切悲切切的故事
春入桃林人入桃林
一起参悟
花间之禅意
叶间之菩提

何处还有葬花人

花瓣坠落
连命运的
最后一次触摸
也经受不起
还有细弱的风
和零丁的雨

老了累了
栖身在地
借风的手
抹净色彩的泪滴
最后撒一次娇
让大地抱抱自己

请问
除却《红楼梦》中
林黛玉
何处还有葬花人

又一季桃花

一夜间，小奴家

绣出大朵大朵的自己

相公，你行走其间

碰触的枝条

是我款款的手臂

我拦不住岁月

也拦不住你

我们各自

往深处走去

再轮转经年

相公，我们可否

不期而遇

你撩开桃枝渐行渐远

还发出痴痴的轻叹

莫非你想到

那柄溅血的桃花扇

是啊

上至朝堂豪门

下至草野民间

桃花桃花曾经

惹翻多少情场公案

牡丹，烈烈的女子

题记：牡丹宁可瞬间轰然凋谢，决不会被一瓣一瓣地剥残。

一

仿佛再延宕一瞬
就有损你的名节
好像没来得及细想
又好像谋划了一生
才有这般
轰然而无声的
决绝谢幕

无法顾及
走了一半的春风
虽然它曾经
把你唤醒

二

一片落英
在掌心
凝成彩色的泪

将五指收拢

用血肉的温润
做它的芳冢

三

人世间感到最短的
往往是时间
你把比时间还短的美
赠予最长最长的人间

突然想起，古代
所有的烈女
牡丹可是
集她们于一身的精变

四

盛开于故土
陨落于故土
花枝下
大萼大萼
都是彩色的香骨

如果牡丹
生长在天宫
吴刚怎会用桂花
酿造那样的
胜却人间无数

莲荷

满塘莲荷
红粉紫白的花朵
可是历朝历代
投水自戕的奇女子
用悲情
怨情
恋情
殉情
乃至忠烈之情
聚结而成?

生于泥泞
度尽劫波
步步凌空
何其持重
又云淡风轻
方修得
香远益清的大乘

喑哑的琴

一把胡琴
斜倚在墙上
声息不再相通的弦
沉默对着沉默

曾经烈焰一般燃烧
而今止水一样沉静
无声是盈盈的泪
有声是隐隐的痛
多情，无情
都因了那张长弓

操琴人，这会儿
却为何
眼也空空
心也空空

暖情

关乎缘分

还是关乎命运

关乎佛陀

还是关乎上帝

是那些无形的手

在团弄人生吗

笃信也罢

轻慢也罢

两颗心

成了双胞胎

一滴泪

能惹动漫天的雨

视野所及

那条地平线

乃天和地

交融成一体

痛

棋盘上
只剩下心
这一颗棋子了
拈在指间
不知落向哪里

猛敲几下
震落的
竟是七长八短的白发
有你，心是烈火
无你，情是灰烬

丹顶鹤

把自己的心
举起
昭昭于头顶
百年一遇
总有隔世的恍惚

在我的眼里
在我的心里
你正
一层一层美下去

我是离你最远的
那丛白头芦苇
每当想起
不是泪在眼里
就是眼在泪里

仅有的种子

苦海无边
回头是
你
你会是我
永久的岸吗

我的情感
是大灾之后
仅有的
几粒
种子

月吟

忍不得也要忍
没有尽期的孤独
耐不了也要耐
没有边际的寂寞

为那些痴情的
钟情的
多情的
薄情的
有情的
无情的天下人
圆了一个
又一个中秋

梦网恢恢

你虽然在我的梦里漏网
但毕竟撞到我的网上
起风了你说肩头有点凉
我用力拉紧一块阳光

我的胸中
叮咚，叮咚
可知那是大漠上
渗出水滴的驼铃
投一颗心
问问路径

你虽然撞到我的网上
毕竟在我的梦里漏网
几茎落发眷恋深深
执意留在枕上

信

你的信
像燕子
从温柔乡飞来
在我的心梁上
筑个窠臼
且铺上软软的诗情

我卧进去
倾全部体温
孵几只
无论如何也喂不饱的思念
嗷嗷待哺
满眼都是辉煌的泪

画梅

在风天雪地
把自己画成一枝梅
你一定看见
那一朵朵
跳动的烛火
不知前世
莫问来生
倾尽心上的颜色
只为你
自开自谢一次
彻夜无眠
就把午时的太阳
掰碎成
满天的星斗
没有很久很久
总觉很旧很旧
手相携心相扣
走向时间的尽头

命犯桃花

且不说杂书上
如何渲染
也不听江湖术士
百口莫辩

桃花未骨朵
人心已含苞
问一问
游园的公子
哪个不想
做得桃花丛中人

一言既出
所有的桃花
都红了
半边脸腮

桃花劫桃花煞
犯了又怎样
还不都是
爱的花絮
若得逼面
而来的际遇
快哉人生

红色岁月 红色历程 红色史诗 红色经典

多解的命题

即使缘浅命薄
只此一聚
记忆交错的细节中
也会在心底
生出纹理

若修得
我心你潜你心我渡
誓言是
与生俱在的咒符
公子
你拿命犯来的
岂不是
桃花扇李香君的宿命

鸣蝉

题记：秋风秋雨中，蝉鸣之火渐渐熄灭了。

造物主
如此绝情
蝉未出生
就判了长期徒刑
黑牢里
苦熬十数载
抓破土地的甲壳
终于得见
寥寥可数的天日
大地是我们
共同的胞衣
蝉可知
地下先人的消息

顾不得哭诉悲情
一次轮回
须要十几天完成
枝头上
精致的蝉蜕
是一生
聚散的背影
蝉可曾

对自己说过
活着就是
灵魂在放风

鹊桥

你当然知道
七夕是个什么日子
牛郎织女
天河会
喜鹊用翅膀
架起一座浮桥

月亮走了
也不必着急
桥畔还有七颗
耿耿不熄的星斗

令人忧虑的倒是
鹊桥若成断桥
长夜怅望长天
听银河涉水的声音

红色岁月　红色历程　红色史诗　红色经典

七夕雨情

在七夕门槛之外

在即将到来的时辰

漫天

织起雨丝

越织越急

越织越密

终夜没有停息

那定是

上天用旷世以来

失恋绝情的泪

来人间

垂钓爱情

好续写

郎耕女织的故事

不该动问

老天你还有多少泪呀

更不敢动问

难道真爱都在

生死相望

人神眷顾之中吗

爱人

这两个字
最是疼人
是最疼你的那个人
也是你最疼的那个人
不是砸断骨头
连着筋
断了筋腱
连着血脉的人
却是比知己知音知心
知之更深的人
那是两个
撕不开的灵魂

拟相思

奈何不了生死
就奈何这些长长短短
错错落落的诗句

是一杯茶的氤氲
是一盏酒的亲昵
心窍和眼神一样迷离

都言相思苦
苦苦更相思
无论心中多少辛辣
见面时
一起倒给你

可不管怎样怎样地缩短
也不是零的距离
就像我和你
也像我和我自己

读你

上眼皮是天
下眼皮是地
我把天地关起
默默地读你

读你
就是读你门前的海域
海中游游荡荡的
哪一条是你

读你
就是读厚厚的日历
把每一页
都读成你的归期

轮回之一解

轮回是什么
是乾和坤
阴和阳
翻转过来
又翻转过去吗

就像我和你
互通信息——
无论有声还是无声
无论无字还是有字
都从你的心跳
到我的心跳

都从我的呼吸
到你的呼吸
踏踏而过的
是时间的马蹄

月光拂面
亲切又自然
它在苍穹之中
走了多少光年
才走到
我们面前

故乡既是
生命最初的牧场
又是最终
放稳灵魂的地方

第三辑

阳光的微雕

词宗易安

西风吹凉的

乍艋争渡的

黄花瘦遍的

杯盏潦倒的

从逗号的故园

到句号的齐鲁

再宏阔到

警世的惊叹

江山留予后人愁

败逃的历史

蓬头垢面

食寒衣蔽

可曾在《漱玉集》中

或《金石录》里

像南唐后主

暖一暖

凄凄惨惨戚戚

情感的血肉之躯

《夏日绝句》

二十条汉字

是耿耿的星宿

也是

无光自明的烛炬

大声朗读吧

抚胸

擂拳

仰天啸几声

热泪涌动的英雄气

词宗易安

在一统九州的国度里

你是女王

以诗词世袭

回赠诗人郑玲大姐

你说——
我是上帝挑出来
专门写诗的人
你看见我
彩色的影子
还嗅到我
情感沃土的芳香

我说——
我是一只
自断双腿的鹏鸟
只要有
一根骨头活着
就到天上
去栽种诗的胡杨

冰心老如是说

冰心老曾经说过
年轻的时候
都写诗
可是不是诗人
到老了才看得出来

有人问我
你老了吗
我说
我有时间写诗
没工夫去老

又问我
你写的是诗吗
我说
你领着那些文字
去问问时间

时间未必说了都算
但总会有
说了算的时间

民族魂百姓心

——致克家诗翁

我从新诗中认识你

从新诗史中认识你

我从认识新中国的时候认识你

从认识几百个方块字的时候认识你

克家老人

我总觉得和你格外亲

因为你写过我的父亲

他的名字叫"老马"

身上缠满了

鞭印和脚印

世上只要还有一个受苦的人

你就会向他把感情倾尽

满头白发也是火呀

好一颗

中华民族

永远跳动的诗的良心

你的笑孩子一样纯真

你的笔却长满了年轮

和饱经旱涝的大地山连水牵

和忧患累累的人民血肉难分

你的诗，你的诗论，你的诗品

与美妙绝伦的汉字共存

所以，我无比骄傲地说：

泰山是山东人

克家也是山东人

赠外交官孙书柱先生

我在中国之东
你在德国之西
是三生有幸的缘分
把我们连在一起

我们从不图利于一己
只用心大把大把地握住友谊
考验并非都需要时间
相隔远近都不是距离

无论站在时间的哪里
结束又都是开始
时间无语，却把这一切
留在它的流动里

不用解读你的掌纹
我也了然那长路的崎岖
这双手既敢伸在阳光下
又敢握在风雨里

我们曾经用长了牙的脚
一步一步地啃过来
我们还将用脚上剩下的牙
再一步一步地啃下去

也许我们比昨天衰老

但是肯定比明天年轻

既然没人见过明天的样子

就让我们永远年轻在今日

向明兄，我对你说

　　隔着浅浅的一汪水
　　目光握在一起
　　不同的队伍
　　一样的军旅生涯
　　我的诗是你的倒影
　　你的诗是我的风骨
　　冥冥中，互相
　　踩疼脚印

　　你放哨捉水鬼
　　如果捉到的
　　是自己的兄弟
　　那该怎么办
　　放他逃走
　　还是押解送官
　　骨肉之间
　　曾经刀兵相见

　　如果有一天
　　我们又被成为敌人
　　战场上你和我
　　刀枪逼面
　　如果其中一个
　　必须把性命了断

我会立刻

举枪饮弹

向明兄，你可记得

那一年那一月那一天

在厦门我们登上军舰

两位写诗的军人

披苍天之肝

沥大海之胆

　　注：向明，台湾著名诗人，1928年出生，我的好友。

彼特的笑

看见你
就看见了维也纳
想到你
就想到了奥地利
你不懂汉语
我不会德语
那有什么关系
人类创造了语言
我们却不需要言语

你的歌声嘹亮
自身就是硕大的音箱
拍拍你那肚子
俺这个就是张肚皮
我笑了
你也笑了
你笑着我的笑
我又笑着你的笑
笑累了，我就说
歇歇吧，彼特
就是这一句
也是用笑来表达的

笑是教堂

红色岁月　红色历程　红色史诗　红色经典

笑是圣经

笑是圣父圣灵

最舒心的呼吸

就让笑变成涟漪

无限地无限地扩大下去

你说是吗

我的非同宗同胞的

亲兄弟

彼特华斯

二人为仁

先生，我想探知
儒家学说的奥义
去穷尽
五经四书

九册经典很古奥
是一道道栅栏
先读《论语》吧
都是圣人的话

先生能否用一个字
道出孔子思想的精髓
二人为仁
仁就是相形耦

你把我当人恭敬
我把你当人尊重
恭宽信敏惠
岂不都在其中

可现在，初次相见
先把对方设定为小人
然后再慢慢证明
是还是不是

红色岁月　红色历程　红色史诗　红色经典

横的二常把竖的人
劈成两半或撕成碎片
孔夫子管不了的事
天地三界还有谁能管一管

夜间耕读

我熬着夜
夜熬着它自己
夜熬不住了
就请昼来顶替

若夜把爱铺满地球
我就把地球抱在怀里
若夜是一枚种子
我就把夜种在灵魂里

昼和夜不停地角力
此消彼长自有其规律
我总是盼望着
夜给我更多的亲昵

这不，天亮了
夜之黑，全部的黑
静静地栖息在
我的瞳仁里

叛逆的墨迹

本来是
洁白的乳
激情的泪
殷红的血
汇聚到文人笔下
竟濡染成
比夜还浓的颜色

古往今去
因了斑斑墨迹
有违圣意
不合时宜
或者板结的大脑
通透了些缝隙
被贬谪的
被剪除的
被抄没株连的
被逼寻了短见的
足够
写一部
长长的野史

砚池中的墨呀
请静静地黑着
切莫再
兴风作浪了

木乃伊

灵魂，有何
值得称许
那是个
不忠不义的东西
遇灭顶之灾
抽身躲进天堂
把终身厮守的躯体
丢给地狱

我是肉身的胡杨
千年不腐
就等着重见天地
而今又沐阳光
灵魂，你在哪里
你的天堂又在哪里

野说《水浒》

一百单八将

龙威虎胆

挥舞坚戈利刃

砍向巍巍峨峨的

大宋王朝

皇帝老儿

惊恐中

一手护着皇冠

一手捂着下三路

丢了哪一样

都会要了他的血命

如果梁山

拿下皇城

有人黄袍加身

又会登基一个帝王

如果皇帝

沦落江湖

也许啸聚山林

落草另一座梁山

古往今来

芸芸英烈之士

有谁劫过

内心的法场

倔强的文字

腐酸扑鼻

还自鸣得意

搜肠刮肚

调兵遣将

名词动词形容词

主语宾语飞来语

刚刚集结在一起

就举起哗变的大旗

不屑于

为死魂灵

殉情陪葬

一心想

保全汉语言的

节操和荣誉

五色土

我从故乡来
从父母的襟怀来
若父母生活在松花江边
我就是黑色的肌肤
若父母定居在黄河岸畔
我便是黄色的脊梁
若父母迁至水乡江南
我只有红色的面庞

我是五色的土壤
不足半个立方
这是我诗的颜色
也是我族的颜色
把自己捧在耳边
听星光下江水的悲鸣
听春来时河冰的炸裂
听上游和下游的絮语
听雪山对大海的嘱托
我是它们千万年来
冲积孕育的沉淀

在岁月里成长的泥土
如今用一半
陪伴了父亲和母亲

还有一半
女儿啊
我要留给自己

惊蛰帖

这架被称作
皮囊的身躯
不就是
浓缩的土地吗
皮肤是黄土地
心胸是红土地
消化系统是黑土地
以血液浇灌全身
于无声中
闻警世之语
惊了蛰
也惊了心绪
不再用冰着的眼神
看了世界看世纪
我敲打着骨节
叩问血肉的土地
比古稀还古稀的你
是否准备好
再一次
耕耘自己的春季

笑死欧柳颜赵

书法本非所好
未经名人指教
牛棚十年
曾代人写大字报
可笑可笑
笑死欧柳颜赵

此乃已故作家
王希坚老的诗词
在讳莫如深的年代
身陷牛棚
常年不能说话
便凋残了语言功能
不准说
也不准写
只准奉命
抄抄大字报
一来二去
成了无心栽柳之人
平反甄别后
颅脑的反骨上
又添了
书法家的光环
欧柳颜赵
若天堂有知
会是怎样地笑

赛马场上的马

八骏图上

有我的影子

如今打扮得

标致靓丽

每一根毛发

都先洗礼后梳理

再看我的舞步

我的跨越

我的太空行走

我天龙般的英姿

用尽最美妙的词语

也只形容若干分之一

可是主人

请问你

那条缰绳

是我终身的导向吗

那根绳索

可是我永久的法律

扒开我的胸膛

你也许不会相信

完整的心

是完整的残疾

我想咬断缰绳

奔回草原去

在那里疯

在那里野

在那里嘶鸣

在那里纵欲

踏四蹄黄泥

滚一身草绿

悬蹄击打

落山的夕阳

溪水照影

看看臭美的自己

主人啊，我的眼睛

已蓄得满满

这些泪

憋回心里

无论在动脉

还是在静脉

都会咆哮成

鲜红鲜红的流域

域外钓鱼

规范钓鱼
有一部法律
还有渔警
司职管理
其中一款，钓钩上
不许有倒刺
钓鱼岂不成了
自娱自乐的游戏
唯中国神话中
姜太公
直钩钓鱼的奇谈
可堪一比

给吞了钩的鱼
一次逃生的机遇
彰显人性
柔情和善意
鱼的族群
生生死死
都在
慈悲的泪水里

自审

摸一摸周身
唯有胸口发热
就在这里开庭
审一审身上
大大小小的骨骼

一块一块叩问
一块一块揣摸
哪一块曾经懒过
哪一块曾经媚过
哪一块曾经贱过
哪一块曾经软过
曾经如何
曾经如何
每一块
都不要放过
每一块
都是一个我

大梦醒来
忐忑忐忑
欲用六十八年的三昧真火
将病骨一一炼过

蚯蚓

究竟犯了什么天条
被打入地下冷宫
造物主不给骨头
你的血性
是比骨头
还坚硬的支撑

土是你的食物
吞食就吞食一生
黑也是一种光
照耀你走完全部历程
真个是赤条条
来去无牵挂
可那些刻骨的话
如何说给人类听听

如果可能，就请
深到地下最后一层
去看看唐宋以降
明清以来
新纪元之后
不准超度不准轮回
不准转世的
都是些怎样的魂灵

铸铁鸽子

题记：在德国某街头广场，见一只铸铁鸽子，有感而发。

白云悠然的天空
悬红拥翠的广场
铸铁鸽子
作状飞翔

半夜惊出一身冷汗
逼面而来是冷峻的目光
它猛然想起
曾是一支杀人的火枪

生日

亲人围着餐桌
餐桌围着蛋糕
蛋糕数着蜡烛
蜡烛数着岁月

尽管所有的蜡烛
都点燃了心
并且发愿要为我从这头
一直燃烧到那一头
我还是刚刚点燃
就把它们熄灭了

在祝福的歌声中
心圆泪圆的我
操刀在手
一下一下切割自己

我不知道
哪一块是童年
哪一块是中年
也分不清
哪一块是昨天
哪一块是今天
多少把血当泪流的日子

多少把泪当汗洒的日子
这会儿放进嘴里
都是不能承受的甜

当生命中需要蜡烛的时候
常常没有烛光相伴
生活中不会再缺少蜡烛了
总有一天我将不再点燃

我真的好怕
怕给后人
留下一堆
时间的骨灰

我与一条大河

在三江源头站立

几条小溪

抢走我的影子

从此将随

一条渐渐长大的河

千重关山

万里崎岖

还会被壶口瀑布

玉碎成液体

我曾多次

去入海口前沿

踏看寻觅

我相信

似我非我的真我

终会栖身在

新生地

一粒

鲜活的泥沙里

萧萧白发

你看见这满头白发了吗
被岁月染成这等颜色
黑发逝去了
青春逝去了
还带走了
那么多的长辈和兄长
我兀立在生命的关口
悲壮地站在
阴阳界上，站成
遮挡凄风苦雨的血肉之墙
莫说一夫当关
就是万夫当关
这个隘口
也会不攻自破

我只能用满头白发
为流星雨般
陨落的一切
披麻戴孝

蜕变

如果人们
像蜕变的蝉
趁夜色
蜕下身上的禁锢那样
蜕下病痛
蜕下烦忧
蜕下嵌刻在
岁月里的层层苦皱
该有多好

可叹的是
总有一天
无欲的灵魂
会蜕下喧嚣的肉体
却不知
转世之后
它将
鸣唱在哪个枝头

跪谢恩情

大年初一

须倒退着走出房间

见到什么物件

要纳头便拜

这是父亲传授的

祖宗的规矩

头回见到的

是一把扔过来

踢过去的笤帚

跪还是不跪

我正在迟疑

父亲说

过年了

给那个发明笤帚的人

磕个头吧

尽管没人知道

他是谁

双膝一跪

如梦初醒

原来天下满满的

都是恩情

求签

——一段真实的经历

签筒装着人间万象

我的心跪下

在里面触摸

自己的命运

抽出吓了一跳的下下签

陪同的朋友安慰我

第一签说的都是过去

木鱼响起

木鱼响起

那就再求一签吧

看看最关注的现在

签筒里颠出来的

依然是那两个黑黑的汉字

众人屏住呼吸

面面相觑呆若木鸡

最令人想不到的

还有一刀一刀的下回分解

下下签就像冤魂

追索我纠缠我绝不放弃

我感到大地

都在战栗

木鱼响起

木鱼响起

这就是我的人生吗

如此不能见容于天地

我怀疑遇上了魔障

签筒被灵异把持

无论是还是不是

我都要面对揭示的谜底

乞求上苍

乞求佛祖

当我的目光

燃烧成灰烬

就让这个三生不幸的弟子

把人间的苦难全部带走吧

木鱼响起

木鱼响起

最后的修身

请问吾师
人是否有灵魂
首肯
首肯

再问吾师
死后可会变鬼魂
首肯
首肯

三问吾师
世间累累不平事
该有多少冤怒之魂
从未见它们
回人间泄愤

阿弥陀佛
灵魂出窍
是最后的一次修身
只有做过了
才是真人

煮鱼

这不就是
生于斯
长于斯
锦鳞于斯的水乡吗
配以香韵
供其沐浴
却将一锅天堂
煮成沸腾的地狱
谁给它勾画了
龙门的图腾
云雾中还飘着
销魂的乐曲

已献身朵颐
何必再诉衷曲
况且
鱼只有
七秒钟的记忆

放下屠刀

放下屠刀
必先拿起屠刀

刀在手上
鱼在砧板上
看它生猛的样子
大限来临之前
好想再去
跳一次龙门

这鱼，是否
被佛教徒放生过
它的后代
若能跳过龙门
可会率水军
前来寻仇

着急成佛
济善十方人家
心一横
把鱼头剁下

鱼头大张着嘴巴
怒怒地问我
进佛门
也要投名状吗

蝶变

这是个骨朵
也可叫作孤独
谁的旨意
让你从无到有
从卵到虫
又由虫变蛹
真可谓出生入死
一世三生
等你破茧而出
彩色的生命
又一次
点亮苍穹
你的心中
是否有经声佛号
还伴以
笃笃的木鱼声

蝙蝠

天，一下子
黑下来
百鸟归巢的归巢
回洞的回洞
钻穴的钻穴
大音希声
小音也希声

蝙蝠的族类
倾巢而出
倾洞而翔
倾穴而舞
天地间充斥着
另一种语言

小精灵
你们是
百鸟的亲兄弟
白昼的反对党

兔儿爷

何须武装到牙齿
牙齿就是武器
诅咒解恨
凝聚气力
每当张嘴还击
肯定被惹急了的兔子
兔子是地道的草民
掠草充饥掏洞栖居
动如脱兔
只是为了逃避
猎食它的禽兽
是世世代代的天敌
除却弱肉的生命
只剩下一张
比命值钱的毛皮

幸亏十二生肖
榜上有名
且位列第四
兔儿爷
总算入了大汉民族
不朽的典籍

祈福

大雄宝殿
肃穆庄严
僧侣和俗众
伴着木鱼
齐诵佛教的经卷
祈福的钟声
唤醒山峦
在空中
在心上
画着
生命的延长线
多想活到
和神
共老的一天

都在路上

春跑得飞快
夏又追得大汗淋漓
刚想停下喘口气
秋风一凉
冬又立起身来

无论何时
都不要说
我们拥有了什么
要说只能说
我们丰富了什么

我们和时间一样
都在路上
都在上帝曾经
走过的路上

深秋

在即将
离别的日子
树们拱拱手
互道珍重
然后将各种色彩
独具形态的叶子
随风扬作
最美的经幡

天躬穹隆
地设神坛
处处是
诵经打坐的僧尼

太阳之殇

火是它的生命
除了火
它一无所有

总有那么一天
它衰竭了
须让出这个位置

燃烧了一辈子
不会在乎
用燃烧了断自己

也不会布洒
悲情的陨石雨
给其他星球作舍利

后之来者
用光的语言
诵读光的悼词

鸣沙山

这是一座

一团沙围着一粒沙

一粒沙挤着

一堆沙的大山

你听见了吗

听见它们的声音了吗

那不是争吵

不是戗声

而是亲亲的交谈

暖暖的爱语

独独有一曲

地上的天籁

每粒沙

都君子一样

大的行囊

是阳光下的目光

小的行囊

是自己的心脏

鸣沙山

一个沙的部落

一个沙的民族

也是一个

沙的国度

青海湖伫立

清澈辽远
深邃神奇
天下的水域
何处还有
如此多的无比
带着心来看你
看这一湖
液体的碧玉
真的好想
留在
你的四季里
只是
满纸秋凉
不知
从哪里落笔

长城之上

又一次仰望之后登临长城
不是秦皇岛的老龙头
也非北京市的八达岭
而是"抚我黎庶,宁我子妇"的抚宁

系紧鞋带,系紧
筋骨的全部余勇
扩一扩捶之作响的胸膛
目光把脚步引领

所有的墙砖都是陈迹
所有的陈迹都绽开笑容
砖缝里的小草举着籽粒
展示生命的收成

冷血的刀丛热血的兵
历史的缝隙中还有淡淡的血腥
又是一季潇洒秋风
谈笑中几多清醒几多懵懂

掠夺站起来是战争
抵御站起来是长城
而今在最大的盾牌之上
感受祥和与宁静

这可是长城的话语
只要在就是凛凛之躯
啊，心越来越深了
而眼眶却浅得兜不住泪滴

长城一天天地老去
常常在星空下盘点自己
想永远不衰老吗
只有还原为土地

烽火台站着遥看东西
城垛就是摩肩搭背的兄弟
从嘉峪关到山海关一路奔来
起伏颠连，雄关漫道，长驱万里

白云一片一片抚平自己
天蓝得像染色的水晶玻璃
悲悯的诗人，深情一问
今夜，长城的游魂安放在哪里

雁荡山寻觅

诗仙李白
没有到过雁荡山
也没见过
高山把大河举成银河
怎么会写出
"飞流直下三千尺"的名句

更有奇甚
十倍于三千尺的头发
一夜间倾泻成
最长最长的瀑布

我也有
一腔诗人血
两行多情泪
不晓得，最终
是瀑成
三千尺的飞流
还是湫成
三千丈的白发

天山天池

迎接远方的诗人
博格达峰捧起巨樽
半樽云一样的雪
半樽雪一样的云
举而痛饮
彻骨彻髓的清新

我曾经饮过黄河
饮过一条
千回百转的愁肠
我曾经饮过长江
血脉中至今
还有三峡的啸吟

今日来寻
今生来寻
欲用天山的万年积雪
塑一个
凛冽千古的诗魂

老墙

　　这里有过一堵墙
　　背阴，朝阳
　　像家中的土炕
　　可在爷爷的心目中
　　那就是城墙
　　他常蜷缩身子
　　倚着墙根晒太阳
　　爷爷走了
　　从古铜烟袋锅里
　　飘出一缕阳光
　　城墙成了孤老
　　佝偻着腰
　　酷似爷爷的模样

　　墙轮回为土地
　　太阳再来时
　　只是孤独地
　　晒晒自己
　　许多个人堆积成时代
　　许多时代堆积成历史
　　天上一瞬跃白驹
　　人间百年已过隙

　　太阳啊

你是否还记得
晒太阳的那位爷爷
和陪伴爷爷的那堵老墙

老
墙

兰蕙之风

你知道早春的风
是分层次的吗

第一层
还带着残冬的料峭
第二层隐隐听到
河冰断裂的脆响
下一层娇柳临水梳妆
疯了的油菜花和
小马群般的溪流
满世界撒欢
唤醒了
留在泪中的文字
让那些小蝌蚪
游出来
身体内外的兰蕙之风
全面收复失地
连一根枯命的小草
也不给冬留下

雨

你的脸
就是你的心
持上天敕令
遍访民怨民苦
雨脚如麻
只在天地间行走
剥弃虹霓
赤裸得像一句真理
狂风裹挟
雷闪轰劈
以图
遏阻你的脚步
你不像雪花那样
搔首弄姿
更讨厌冰雹
那群疯狂的豺狗
你和时间一样
来了就不会回头
遍洒汨罗，雨也是酒
祭奠诗祖三间大夫
扑向黄海，披发呼号
唤醒丁军门的军魂
你没有故乡
普天下都是你的亲人

红色岁月　红色历程　红色史诗　红色经典

你没有生命

却是灵魂中的灵魂

四海之内，何处

没有你的同党你的子孙

你是血液的别称

你是泪和汗的提纯

你是从观音菩萨的净水瓶中

喷洒而出的甘霖

上善若水

上善若水

唯你配得上

它的分量和神韵

连阴雨

这场雨下了十多天
还要下多久
江水之南
在雨中倒悬

我们到来
使满山的石头
满天的雨
都有了诗意
可我的心
被惶恐攥得窒息
雨呀雨
何故无休无止
雨呀雨
奉了谁的旨意
真怕你
把南方下成北方
更怕你
把天空下成沙漠

水若是死了
所有生命
都要
为之陪葬

诗将军

不论有多少汉字
也不论组成
多少词语
都是我
麾下的
三军将士

看地图

没找到
心上的老家

老家
在心上
迅速地放大

放大成
一个国家

看着看着
咋就
泪眼重重

故乡
原是我
心上的紫禁城

阳光的微雕

向南的窗上
攀附着一朵蒲公英
扇动着羽毛
向里张望
它可是
故乡旧宅屋顶上
牙齿紧紧咬住
屋檐的那一株吗
昼舞夜飞
长风长空接力而来
我屏住呼吸
把它托在手上
托着一枚
阳光的微雕

天空

天为什么又叫空
可是天把自己
空出来
期待
更多更大的翅膀
不论是否
期待
更多更大的翅膀
天总是
把自己空出来

大漠瓢虫

把身体
修炼成佛龛
心
端坐在里面

突然想起
塔克拉玛干
在尼雅遗址的腹地
遇见一只瓢虫
它不是益虫
却是个英雄
三十二万
平方公里的大漠
处处都是
死亡的陷阱
可生命从来就没有
第二人称
真想那只瓢虫
能换装成
我们喜见的衣衫

飞越
八千里关山
来佛龛
和我相伴

惊蛰

春唤醒万物
谁
唤醒了春
是冰凌垂落的
第一滴泪
是脱了冬装
化缘的云
大雁鸣号管
小燕抚瑶琴
还有一颗颗种子
跳动的心
莫说没有雷霆
震悚灵魂
静是人间最美的声音
春的拂尘
只一扫
便绿了乾坤

老家

之一

如果老家
是熏黑的梁上
燕子学着父亲
一口一口垒起泥窠

我就是
嘴角嫩黄嘴比头大的燕雏
等风衔着天的泪
来喂我

之二

那三间
散了架的老屋
风一刮
呛咳不止
连鼠洞
都成为空宅的老屋
举着满院的桑榆
一年高过一年地遥望

故乡

所有的村庄
都有自己的乳名
它们共同的大号
叫故乡

故乡既是
生命最初的牧场
又是最终
放稳灵魂的地方

骆驼草

风不来绿
雨不来绿
年年都是
自己绿

那是怎样的一种绿呀
刺穿戈壁的针叶上
挑着
点点血迹

万里长城第一墩

一阵悸凉
从困盹中惊醒
苦笑着
捶打前额

差点把夕阳
当作漫天的烽火

古长城

每块青砖
都附着
戍边将士的灵魂

不知何年何月
也不知何天何地
总哼着那几句
边塞曲

月不来陪
风不来伴
就用啃过战争的牙齿
咀嚼岁月之根

戈壁黄昏

夕阳，喘息在
地平线上
心如戈壁
遍体鳞伤

在哪里呀
哭倒长城的孟姜
怎么不来哭一哭
这瀚海洪荒

活的地平线

——再致骆驼

为鱼准备的是水域
咸淡皆宜
为鸟准备的是天宇
高低可及
为你准备的
却是千里大漠
茫茫戈壁

鸟飞进沙漠
顿时化作
灼热的空气
鱼提起戈壁
猝然感到
濒死的窒息

你甩开四蹄
丈量
从有到无的距离
没有回声的长鸣
是你
灵魂的独语

游走的大漠神经
活着的地平线
你的驼峰里
一定煮满了诗句

骆驼兄弟
是否
也要一支笔

戈壁行

过了山山还有水水
过了遥遥还有迢迢
回首
尽是前尘

俯身拾几首
被风沙腌过的诗
大声叫着：朋友
你真是天才的戈壁
然后一步阴一步阳
向远方奔去

夕阳回望一眼
顿时乱了方寸
落
还是不落

胡杨

一

风雕沙侵的枝干
蠕动着稀疏的叶片
像位得道高僧
已入定千年
今日来拜见
以诗的名义寻结善缘
沙海中的活佛
何时开启你的法眼

二

林木中的汗血马
所有的汗都熬炼成血
只要体内还有活力在蠕动
就会拼出几片叶子

终因不敌而战死
就用自己的革
裹起自己的尸
或卧或立在沙漠里

惨烈的战场

随处可见
未曾掩埋的烈士

五指采几根苍苍白发
我的身上
唯此物能伴胡杨不朽

三

死去的胡杨
在野风搅动的飞沙里
像一群溺水者
伸着求救的手
终因没有一线生机可抓
便和绝望凝固在一起

其实，胡杨想抓住的
恰恰是水
如果它们捐躯之后
能引来甘泉
胡杨群落　定会
义无返顾地再死一次

我的家园

眯起
被西藏高原的雪
盲过多次的眼睛
回忆这一片
掘地三尺埋下去
又泛上来的白

风把碱粉抹进嘴里
我痛痛地咀嚼着
血的滋味

你的碱你的白
在皮肤之上
我的血我的红
在皮肤之下
我和母亲隔的是
一条剪断的脐带
我和家园隔的是一层
切了又切的皮肤

于是，我想起
我们的父亲
耕地之前把骨骼
先铆成犁杖

于是，我想起
我们的母亲
收割之时把腰身
先弯成镰刀

啊，家园哪
无论多大
也要走出去
无论多远
也要走回来
人不出去心出去
身不归来魂归来的
家园哪
我这辈子很少
在你的上面
总会有一天
我将永远在你的下面

写在三江源

一座山被迎亲的车轮

和护卫的马蹄劈成两半

整整一条河

在历史书和地图册上倒悬

前有吐蕃，后有大唐

一个是国家，一个是家国

前是逻些，后是长安

一个是家园，一个是故园

日月山上哪是白云哪是哈达哪是经幡

爱与疼是截然还是浑然

倒淌河是哪位情感独裁者心中的琴弦

决绝和独特总是相随相伴

啊，今日之大漠

啊，昨日之边关

再往前走

就是三江源了

黄河的黄，长江的长

就从这里跳出摇篮

澜沧江挥泪告别

顺着横断山脉一路向南

过了三江源又该何处

是将自己拔起五千米的起伏颠连
四十二年前，我在这里
留下半个魂魄
它披着冰雪的铠甲
粗哑着喉咙朝我呼唤

我站定趔趄的脚步，任白发飞卷
我在想，我在问，我在喟叹
是谁推动地球这个巨型经轮
我们迈出的脚能否抽回原点
人啊，血里疼里
一代一代降临世间
莫非就为了
用短暂的生命
向永恒的死亡
挑——战

　　注：拉萨古称逻些。

用生命照亮生命的灯

一位外科主任
向我讨要一本诗集
我思忖片刻
在扉页上写道
大夫手中的刀最慈祥
大夫手上的血最圣洁

你看，那刀尖上亮着的
不就是患者的祈盼吗
那刀刃上抿着的
不就是健康的微笑吗

刀可以是工具
甚至可以作凶器
只有到了大夫的手上
才是大慈大悲的拯救

不认识大夫
也许是你的幸福
但认识了大夫
肯定是你的幸运

大夫是一盏灯啊
是一盏用生命

照亮生命的灯

当死神拦截了生命
团成一个球
恶意地盘带之后
朝一座黑洞洞的大门
拔脚怒射的时候

生命的守门人啊
使出浑身解数
一次次
扑救着险球
直到他们
一个一个的大夫
一代一代的大夫
也被踢进
这座黑洞洞的大门

来到人世间
见到的第一个面孔
是大夫
离开人世时
看到的最后一个面孔
大凡还是大夫

给命的是父母
救命的是大夫

人类有多少创伤
大夫就有多少救治

人间有多少灭顶之灾

大夫就有多少起死回生

拯救人类

只有两盏灯

一盏握在上帝的手里

一盏举在大夫的手中

白衣天使

那当是一群

离上帝最近的人

白衣天使

那就是一群

离上帝最近的人

飞越黄土高原

目光，从万米高空

猝

然

坠

落

爆裂成许许多多的碎片

两个瞳仁

每次俯瞰

都被那颜色塞得满满

连同所有的神经

和所有的血管

夏日里父亲脊背一样

赤裸的黄土高原

冬月里母亲手背一样

皲裂的黄土高原

数不尽的先人躯和先人魂

堆积而成的黄土高原

不忍多看一眼

又忍不住

多看几眼的黄土高原

飞机每一侧转

黄土地便站成灼人的云团

我的睫毛
立时变成栅栏

心庐一似杜甫的茅屋
被秋风揭去一层又一层
仰起眼睛，大口
吞咽湿漉漉的阳光

既然有女娲
何不作个男娲？
既然天能够补
地又怎的不能够补？
既然人能轮回转世
何不预支它三五辈子生命

仙人掌

浑身都是根
每一条都连着灵魂
随便掰下一块
随便扔在什么地方
都会长成
一个绿色的人

拒绝泪水
拒绝怜悯
自己缝着自己
一针一针
亮在最暗的地方
是颗怎样的心

拜托了，蚂蚁兄弟

当死神
查封了我的呼吸
上苍之手
把我的命运抛弃
只剩下
三分柔肠
七分脊梁
在诗里

拜托了
蚂蚁兄弟
请把我
运回故乡去
用亲娘土
为我
做一身新衣

爱比被爱更幸福

在法兰克福，在波恩
在慕尼黑，在汉堡

每一次呼吸
都是年轻而华发累累的我
俯吻古老而鲜有皱纹的德国

只是易北河的太阳
比黄河上空的那一轮
多了一些寒峭

我思念书案和书橱之间
那条"桑恒昌小道"
尽管有许多绝唱在前
我仍痴情于我的意象

我听见母亲的小巷在喊我
一声喊，一声咳嗽
离别三十日
它可瘦了许多？

既然不能同享
我会全部舍弃
爱比被爱更幸福
我的心已抵押给那片土地

那一缕我也识得

什么样的力量
能挽得了
踽踽独步的
日月之轮？

屈指算来，此刻
你正在日光河的源头
曙色沿你的发梢滴落

在风每一步都踏响十字架的西德，
在教堂的钟声织成蛛网的西德
唯星星有幸拥吻太阳的体香

你轻轻抚过的那缕阳光
何时才能流到我的窗前？
纵然涌来千缕万缕
那一缕我也识得

都是国人

题记：我将一尊女词人李清照的瓷像，赠予外籍华人黄凤祝博士。

比黄花还瘦的十指
于胸前展开两朵睡莲

比花茎还瘦的颈项
断成无法弥合的遗憾

黄博士即兴创作
让瓷人捧着自己的头颅

头颅抛却，面色依然
杏眼笑对列强的苍天

那腔死亦为鬼雄的豪气
定是见到江东父老

这是李清照？
还是辛弃疾？

都是乡亲
都是国人

是唐人吗

在联邦德国一座小城，见到一尊
唐代石佛，双腿断去。

是唐人吗
它怯怯地问我
我只嗯了一声
它的眼顿时涌满泪水

真不该那样挣扎
以至被砸断双腿
若不然，纵晓宿夜行
也早回到那壁山崖

风筝

一位老华侨的话

一只风筝
飞出一条路

海呜咽着
一步一个跟头
三尺软翅
被大洋风暴
剥了个干净

心桅依然高耸
没有帆也呼唤声声
只要侠骨在
何愁没有三月风

长长的线
是依依牵牵的热肠
断绝之后
留有一截滴血的脐带

这断脐和肤色一样
代代遗传
儿子和孙子的腹上
都有一个拒绝愈合的伤口

波罗的海之滨

这才叫海
让人心尖子直跳
浴海者进去
即刻成为海的一部分

走向波罗的海
踩响一路澎湃
左一脚是长江
右一脚是黄河

我曾游过东海渤海
今天却不想涉水
怕这方海域
也染成黄皮肤

诗

诗是
从心里疼出来
在心上
生长着的文字
当像敬畏神明那样
敬畏诗意
又像追求真理那样
追求语言

红色岁月　红色历程　红色史诗　红色经典

1921-2021

304

我

我的肩上长出一杆枪
我的手上长出一支笔
我醒着枪便醒着
笔失眠我便无眠
我的生命
在变成子弹的过程中
变成诗句

边防军

祖国的前面
是战士的胸膛
祖国的后面
是战士的脊梁

用父母赋予的
恒温的爱
燃烧着
青藏高原的冰雪

嘉峪关上

最后一位戍边的老卒
夕阳的烽火
血染他的战袍

横亘着伤疤的
双肩上
横亘着骨头的化石

撕

台历先把我
撕成年
撕成月
撕成日

钟表再把我
撕成时
撕成分
撕成秒

还会有什么
把我撕得碎如红尘

写诗

树咬着牙
把自己的皮肤
一层层地揭下来
还保留着
心上的图案

一定写一首
值得
为之而死的诗
方不负
这里三层外三层的疼

诗说

你越是爱我
我越是
恨你

恨你
没有把我
恨成钢

人世间
还有比恨
更狠的记忆吗

就说这秒

不要说年
不要说月
也不要说日说时
就说说这秒
把它展成纸做成绢
多少文字
也休想
将它写满

中华民族

黄皮肤
是我们这个民族
永不褪色的袈裟
走出地球
也走不出黄河的血脉

我们拥有翠竹的品格
扶着自己的脊骨
一节一节长大
只要有一个人站立
这个民族就不会倒下

眉宇之间

眉宇虽阔
只容得下
三条竖纹

一条忧国
一条忧家
一条忧天下

三条竖纹
是三条琴弦
弹就弹个翻江倒海

船行黄河入海口

说着说着
就来到黄河入海口
有岸之河
顿成无涯之水
铺天而来
盖地而去
满眼都是我
液体的黄土地

拦门沙
是黄河的
最后一道门槛
再往前一步
就把自己走成大海

云开处
太阳赶来
准备
剪彩

赏雪

雪飘落在夜里
给我天一样大的惊喜
我知道你在想我
你知道我常梦你
来自青藏高原
来自海拔五千米的营区
一块神毯
落在我的庭院里
说是赏雪
其实是在辨识
三十六年前
我留在上面的足迹

塑一座袖珍的珠穆朗玛
在我心的屋脊

晕船

浪醉在海上
船醉在浪上
我醉在船上

五脏六腑
被掏出来又揉又搓
先吐食物
后吐胃液
继而大口大口
呕着胆汁

索性吐个痛快
索性吐个干净
吐净委屈
吐净龃龉
吐净恩恩怨怨的九曲回肠
吐净一肚子的人间烟火

若是把心也吐出来
就换上海的那一颗

呼喊的风

故乡的风
又一次
把我的心跳
喊出来

童年的我
再穷总还有风在
我是喝着
风的呼吸长大的

故乡的风
一直在等我迎我
从村口到门口
从门口
到心口

故乡的风
又一次
把我的泪水
喊出来

万里长江横渡

必须刻在心上
这样一行
一九六七年
我曾经横渡长江

除了武器，也算是
全副武装
比铠甲还沉重的
是湿透的军装

左肩——长江
右肩——汉江
追寻伟人水上的身影
投身七级风浪

在规定的地点上岸
几度踉踉跄跄
站直了，让
神采奕奕的太阳照相

生命中
有一段燃烧的青春
青春中
有一次辉煌的疯狂

发愿

吐全部精华
织一枚诗茧
作着
羽化的弥天大梦

直到某个时刻
喊一声
地球，你停一停
我要下车

汨罗江

披发仗剑的屈子
纵身一跃的时候
你咋没在瞬间
蒸发掉自己

沐浴过诗魂的江水
注满历代骚人墨客的笔管
可谁的犀利能抵达
一条江的伤痛

皱纹

越挤越深的皱纹里
盛满老去的时光

缺氧的青春
在里面
拼命激活着自己

我只能将它们
放生到诗的血脉里

初识塔克拉玛干

未见面，心中存疑
什么样的魂魄
有三十万平方公里的身躯

见了面，双眼迷离
只有这里的阳光
才是一个整体

捧着心向大漠问好
擎起泪与大漠干杯

残躯兵马俑

我是其中的哪一个
站立的
跪射的

四肢不全的
头骨残缺的
还是皮肤斑驳的

是遭遇地壳的错愕
是遭遇暗中的误伤
才变成这个模样

我承袭着大地的血脉
滚了满心的泪
一直疼到今天

将我修复大可不必
我不要谁的头颅
也不要谁的手臂

还原为土
也是
真真实实的自己

激赏徐楠楠剪纸

之一

并非不会说话
只是不会
用语音表达
待剪刀张开嘴巴
燕之呢喃
鹊之喳喳
秋之后的硕果
春之早的嫩芽
都在翻译
你心中的情话

之二

你没见过我
却为我剪了两张肖像
你用铁的牙齿
剪掉不属于我的粗犷
你一定通过照片
开掘我的目光
又从目光深处
恍见我心灵的模样

之三

剪纸就是剥离

细细地用剪刀剥离

从阳光中

剥离出七彩

从云层中

剥离出雨滴

最终从大千世界

剥离出独一无二的自己

雪坟

一

所有的细胞
和细胞的所有
都失去平衡
全部的筋骨
和筋骨的全部
都失去支撑
又一位红军战士
倒在雪山上
头微微仰起
脸埋进雪里
仿佛稍事喘息
又会龙虎般跃起
折断的手杖知道
他站着咽了那口气
然后一座黑色的雕塑
扑在白雪的怀里

二

军人身上当是威武的军装
可他穿的那也叫衣裳
千缀百缝，千疮百孔

红色岁月

红色历程

红色史诗

红色经典

像一袭破烂的蓑衣

裸露的肌肉群

冻成褐色的岩石

军团长震怒了

莫说爹娘给的皮肉

就是枪托子也会冻裂

难道就找不到

一点御寒的东西

眼睁睁看着他

冻死在冰雪里

将军厉声喝问：

军需处长在哪里？

跑步来见我

没有人行动

没有人应答

只有雪山向着苍茫

传递着愤怒

耳朵冻掉了？

为什么不执行命令？

将军在吼叫

像一头狮子

可，依然只有

千米高空的风

万年积攒的雪

还有那风雪

搅起的旋涡

泪水挤成疙瘩的战士

用下巴指了指雪地：

报告首长，他……

就是军需处长

他把能脱的衣裳
都脱给了伤病员

三

将军和警卫员
争夺着一条军毯
警卫员有失冷静：
首长，这是命啊！
可他争不过将军
也没争过军刀
半截军毯，一面红旗
裹起一具冰的躯体
飞雪掩人面
群山共鸣咽
十指当叉
双手作铲
将军为战友
筑起一座雪坟
抬望眼
从西到北
从东到南
素白素白的花圈
连绵到天边

独饮自己

撩开纵情的马蹄
跑着跑着
剩下自己
从狂傲的李白
到豪饮的苏轼
哪个不是
痛快淋漓
将酒杯举起
祭天酹地

胸有大风
击节而唱
我有两个故乡
一是土的村庄
一是诗的心脏